로크미디어가
유혹하는
재미있는 세상

달빛
조각사

달빛 조각사 36

2012년 6월 21일 초판 1쇄 인쇄
2012년 6월 26일 초판 1쇄 발행

지은이 남희성
발행인 이종주

기획 팀 김명국
책임 편집 이세종

발행처 (주)로크미디어
출판등록 2003년 3월 24일
주소 서울시 용산구 원효로97길 46 5층
Tel (02)3273-5135 Fax (02)3273-5134
홈페이지 rokmedia.com · **E-mail** rokmedia@empal.com

ⓒ 남희성, 2007

값 8,000원

ISBN 978-89-257-2720-2 (36권)
ISBN 978-89-5857-902-1 04810 (세트)

이 책은 (주)로크미디어가 저작권자와의 계약에 따라
발행한 것이므로 본서의 내용을 무단 복제하는 것은
저작권법에 의해 금지되어 있습니다.

작가와의 협의에 의해 인지는 생략합니다.
잘못된 책은 바꾸어 드립니다.

남희성 게임 판타지 소설

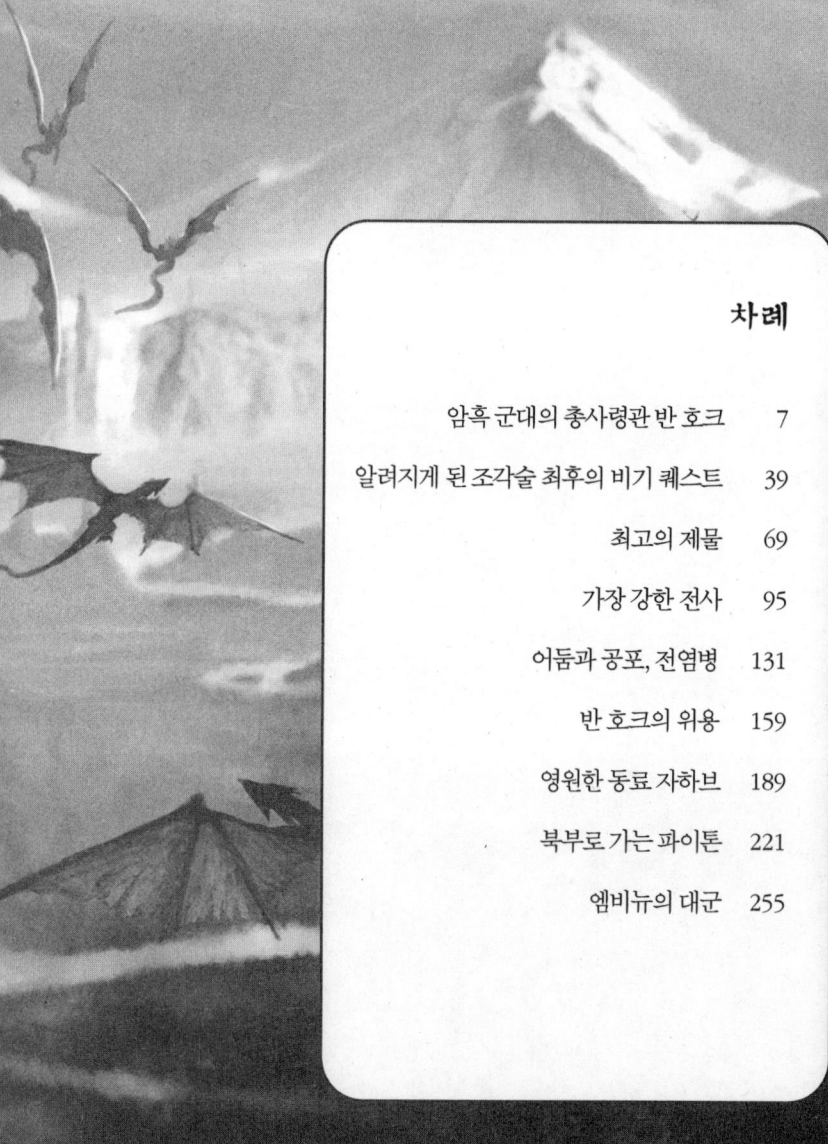

차례

암흑 군대의 총사령관 반 호크   7

알려지게 된 조각술 최후의 비기 퀘스트   39

최고의 제물   69

가장 강한 전사   95

어둠과 공포, 전염병   131

반 호크의 위용   159

영원한 동료 자하브   189

북부로 가는 파이톤   221

엠비뉴의 대군   255

암흑 군대의 총사령관 반 호크

위드는 그래도 정이 가득 든 부하라고 반갑게 맞이했다.
"여어, 반 호크. 못 본 사이에도 잘 지냈지? 게으름을 얼마나 부렸는지, 뼈다귀가 아주 토실토실해졌군."
"왜 나를 이곳으로 불렀느냐."
반 호크의 대답은 싸늘하기 짝이 없었다.
어비스 나이트가 되면서 자존심과 투지는 하늘을 모를 정도로 치솟았다. 과거의 주인이라고 하더라도 나약한 자를 모실 수는 없는 법!
"당연히 부려 먹으려고 데려왔지. 내가 바쁘니까 이것저것 잡일 좀 맡겨야겠다."
"원래 있던 곳으로 돌려놔라."

"말이 좀 짧다?"

"옛정을 생각해서 때리지는 않겠다. 그러나 내 뜻을 거부한다면 죽을 수도 있다. 이번 기회에 나를 자유롭게 풀어 놔라."

위드는 깊은 한숨을 내쉬었다. 오랫동안 함께했던 부하의 반란을 보면서 자책감이 심하게 든 것이다.

"그동안 내가 너무 덜 때렸구나. 아주 갈비뼈 사이에 기름때가 확실히 끼었어."

"……."

"더 모질고 아프게 때렸어야 했는데. 무릇 올바른 부하 관리란 어떤 트집을 잡아서라도 사흘 밤낮을 때려야 하는 법이거늘."

"입에서 나오는 대로 함부로 말하지 마라. 더 이상 과거의 내가 아니다."

"한번 주인은 평생 영원히 자자손손 모셔야 하는 거야."

"닥쳐라. 내 인내심에도 한계가 있다. 내가 검을 들지 않도록 알아서 조심하는 것이 좋을 것이다."

"그래, 내가 말이 너무 길었구나."

위드는 다시 반성했다. 설득이나 대화가 무슨 필요란 말인가. 진작 몽둥이부터 들었어야 했는데.

마침 적당한 물건으로 말살의 불도마뱀 왕의 뿔이 있었다.

제대로 된 전투용 무기는 아니지만 단단하기로는 이만한 것이 없으리라.

"말은 나중에 하고 일단 좀 맞자."
"기어이 내 검이 뽑히게 하는구나."
반 호크가 땅을 박차고 덤벼들었다.
어비스 나이트의 깊은 심연이 그를 휘감아 돌았다.
무시무시한 광경!
반 호크의 눈만이 붉은 광채를 내뿜었다.

레벨이 낮은 자들은 그 사악한 기운만으로도 짓눌려서 죽어 버리리라.

사방에서 깊은 심연이 몰려들어 오면서 강대한 힘을 전달해 주었다.

반 호크는 자신의 승리를 믿어 의심하지 않았다.

'죽이진 않으리라. 하지만 나는 승리를 거두고 나서 자유를 얻어서 떠날 것이다. 하벤 제국에 복수를 하기 위해!'

위드는 반 호크의 검을 막지도 않았다. 그냥 손을 내밀었다.

"절대 방어!"

크게 효과는 일어나지 않지만 몸 전체를 강철보다 단단하게 해 준다.

―페러둔의 장갑이 막대한 타격을 입어서 내구도가 31 감소합니다.
 공격 스킬의 위력을 41% 늘려 주는 효과가 28%로 감소합니다.
 완벽한 수리를 마치면 복구될 것입니다.
 생명력이 9,484 감소합니다.

반 호크의 공격은 슬레이언 전사들 중에서 최고 등급인 검은 맹수들이라 할지라도 찢어 버리고 대량 살상을 했을 것이다.

하지만 신들의 축복을 받으며 사막에서 최고, 인간들의 역사에서도 첫손가락에 꼽힐 만한 실력자가 된 위드의 손에 의해서 다소 싱겁게 막혔다.

"역시 세지긴 했군. 외모도 조금 바뀌었는데, 못 본 사이에 어비스 나이트라도 된 건가."

"어떻게 내 공격을 막고도 무사할 수 있지?"

어비스 나이트와 가까이 있으면 깊은 심연에서 올라오는 절망과 공포로 인하여 투지가 꺾이고 좌절하게 된다. 의지력이 낮으면 심지어는 자기 자신의 몸을 베는 경우도 흔하게 발생했다.

하지만 위드와 눈이 마주치고 나니 오히려 반 호크가 위축이 되었다.

-감당할 수 없는 강자를 만났습니다.
 암흑의 기운이 경고하고 있습니다.
 정의롭고 신성한 힘이 축복하는 용사를 마주함으로 인해 정신과 육체가 위축됩니다.
 투지에 굴복되어 모든 전투 스탯이 6% 감소합니다.
 몸이 굳어 있는 상태를 빨리 풀어내지 못하면 마비 증상이 발생합니다.

"어찌 이런 일이……."

반 호크가 언데드의 전설인 어비스 나이트가 되었다지만, 위드야말로 인간 중의 최고인 용사가 되지 않았던가.

원래의 몸 상태로 돌아가면 상황이 뒤바뀌게 되겠지만 지금은 일대일로 싸우더라도 여유로웠다.

"해골 꽉 닫아라."

퍼버버버벅!

그리고 시작된 구타.

어비스 나이트의 이름값은 어디에서도 찾아볼 수 없이 무참히 밟힐 뿐!

위드는 뿔을 오른손에 쥐고 숙련된 손길로 반 호크의 뼈마디마디를 다져 주었다.

"어비스 나이트라서 그런지 확실히 오래 견뎌. 때릴 맛이 나는군."

"이 굴욕, 절대 용서하지 않을 것이다!"

반 호크가 견디지 못하고 역소환!

"콜 어비스 나이트 반 호크!"

위드는 마르지 않는 마나로 금방 다시 반 호크를 불러냈다. 역소환이 되었더라도 정신체 자체는 이 시대에 존재하게 되었기 때문이다.

"깊은 심연에 잠들어 있는 나의 활화산 같은 분노를 맛보고 싶은가."

"알고 있었어? 내 마음이 바로 그래."

그리고 한참을 맞고 또다시 역소환!

재차 소환된 반 호크는 이판사판이란 생각에 진지하게 검을 뽑아 들고 전투를 했지만 위드에게는 어린아이 장난과도 같았다.

어떤 공격이나 스킬도 위험하지 않았을뿐더러, 희귀하고 특별한 몬스터들과 싸우며 쌓은 경험들로 어비스 나이트의 독창적인 스킬들도 쉽게 간파해 깨부숴 줄 수 있었다.

조각술 최후의 비기 퀘스트를 하며 경험한 숱한 위험한 전투들이 중요한 자산!

기사 체형인 반 호크의 공격은 지금까지 많이 봐 와서 익숙하기까지 했다.

"음, 인정한다. 너는 나보다 강하다."

이미 주종 관계에 있었기 때문에 결국 반 호크의 의지가 꺾였다.

"뭐라고 말하는지 안 들리는군."

"주인이 강하다는 걸 느꼈으니 이제 그만해도 된다."

"멀었어. 막 손맛이 올라오고 있는 참이야. 노래방에 들어가서 첫 곡을 부르고 나서 시원한 음료수를 마신 직후의 기분이라고나 할까?"

……

"너무 아프다. 살살 좀……."

"아프냐? 아픈 데는 매가 약이야. 지금 어느 부위가 아픈데?"

"온몸이 다 아프다. 특히 옆구리가 아프다."

"그렇군. 옆구리를 특히 더 많이 때려 줄게. 아직 안 부러진 갈비뼈도 있는 것 같다."

…….

"주인님! 앞으로 충성을 다하겠습니다."

"예전에는 제대로 안 했단 얘기군. 그래, 항상 그런 식이었겠지. 뒤에서는 내 욕을 하면서, 언제 배신을 할지 적당한 시기만 노리고 있었을 거야."

"절대 그렇지 않습니다."

"아냐, 맞아."

"무슨 근거로 그렇게 확신하시는 겁니까?"

"원래 세상이 다 그런 거니까."

…….

"제발 살려만 주십시오. 절대복종하겠습니다."

"아직도 말할 힘이 남았군!"

아픈 곳만 정교하게 계속 때리는 구타!

최악의 인간성과 장인 정신이 동시에 느껴지는 기묘한 상황이었다.

그렇게 반 호크는 자신이 있어야 할 위드의 옆자리로 돌아왔다.

어비스 나이트이므로 회복은 과거보다 훨씬 빨랐지만 언제 또 맞을지 몰라서 방심할 수는 없었다.

단지 조금 위안이 되는 부분이 있다면, 근처에 부서진 집 구석의 지붕을 봤을 때였다.
 그곳에는 시커먼 망토를 두른 채로 널브러져 있는 안색이 창백한 사내가 있었는데, 그의 정체는 다름 아닌 뱀파이어 로드 토리도였다.
 반 호크보다 먼저 끌려와서 더 많이 맞았던 것이다.

 "오래 기다리셨습니다. 전쟁의 신 위드, 과연 그는 어디에서 어떤 모험을 하고 있었을까요? 시청자 여러분의 궁금증을 시원하게 날려 버릴 방송이 지금 시작됩니다."
 "어떤 수식어도 필요하지 않은 모험. 왕의 귀환이라고 표현해도 좋을 정도로 거대한 스케일의 모험을 가지고 위드가 돌아왔습니다!"
 시청자들이 그렇게도 고대해 온 위드의 모험 방송 시작!
 각 방송국들은 정확히 오후 6시에 맞춰서 동시에 중계를 시작했다.
 시청자들도 그동안 경험이 쌓여서 미리부터 통닭과 피자, 족발, 보쌈 등을 배달시켜 놓고 기다리고 있었다. 배가 고픈데 아직 오지 않은 음식을 기다리면서 텔레비전을 보는 것도 고역이었기 때문이다.

시청자 게시판도 오랜만에 유쾌한 게시물들로 가득했다.

-드디어 한다.
-어제 설레서 잠을 못 잤음.
-군대 제대할 때보다 더 시간이 느리게 가는 듯.
-로열 로드를 하는 것도 좋지만 위드의 모험을 보는 것도 즐거워요.
-푹 빠져 있다 보면 정신을 못 차림. 현실은 고블린 눈치 보며 다니지만 마음만은 본 드래곤 슬레이어!
-이거 보려고 여자 친구와 헤어졌음.
-잘하셨네요.
-축하드립니다.

그리고 KMC미디어의 첫 영상은, 잔잔한 음악이 흐르는 황금빛 모래사장이 있는 해변가!

위드가 보로타 섬에서 노들레와 힐데른의 사연을 찾으러 돌아다니는 부분부터 시작이었다.

사람들이 지루해할 수도 있는 부분이지만, 모험의 첫 단추를 꿰기 위해서 필요한 과정이었다.

"노들레와 힐데른을 아십니까?"

"알아도 말해 주기 귀찮군. 그걸 물어보는 사람이 어디 한둘이어야지."

위드가 섬에서 사람들을 만나서 이야기를 나눈다.

꼬마 아이들에게도 말을 걸며 노들레와 힐데른을 아느냐고 물어보고, 백사장에서 예쁜 돌과 조개껍질도 주웠다.

-인간적이네요.
-전쟁의 신 위드의 감춰진 면모를 본 듯.
-저런 섬세한 감성이 있으니 조각품을 만들죠.

그때, 위드가 말리기 위해 널어놓은 오징어를 훔쳐서 질겅질겅 씹어 먹었다.

"어우, 짜."

-위드 님도 나쁜 짓을 하네요.
-인간적인 소소한 매력이죠.
-오징어는 역시 훔쳐야 제맛!
-오징어풀죽 개발에 즉시 착수하겠습니다.—풀죽신교 새죽개발 팀.

노들레의 저택도 방문하고, 차근차근 퀘스트를 진행하는 모습이 방송되었다.

CTS미디어, LK게임에서는 진행자들의 간략한 상황 소개 후에 곧바로 섬을 빠져나가기 위해 폭우 속에서 출항하는 내용을 담았다. 자극적인 영상들을 먼저 담아서 초기 시청률을 끌어 올리겠다는 속셈이었다.

하지만 시청자들은 빨리 보기에 아깝다는 생각에 퀘스트를 느긋하게 지켜보는 쪽을 택하는 바람에 오히려 KMC미디어와 온 방송국의 시청률이 훨씬 높았다.

—근데 뜬금없이 나온 노들레와 힐데른은 뭐죠?
—몰라요. 어디 해적 부부 아닐까요?
—로미오와 줄리엣 같은 연인들인 것 같은데요.
—배경음악이나 섬의 분위기를 보니 완전 낭만적임. 지금 저 섬은 어디죠?
—보로타 섬입니다.
—아, 나도 저런 따사로운 햇볕이 드는 섬으로 이사 가고 싶다.
—제가 보건대 보로타 섬은 앞으로 관광지로서 대인기를 누릴 것 같네요.
—저 섬에 집 지으려면 돈 얼마나 들어요?
—보로타 섬 유저인데요, 얼마 전부터 누군가가 대대적으로 땅을 사서 부동산 가격이 엄청나게 올랐어요. 예전에 비해서 10배는 치솟았거든요.

노들레와 힐데른에 대한 궁금증도 적당히 불러일으키면서 보로타 섬의 풍경을 느긋하게 보도록 해 준다.

뒤에 벌어질 사건들을 예고하진 않았지만, 기다림이 앞으로 전개될 내용들을 더욱 흥미진진하게 했다.

 위드의 모험은 어떤 식으로 시작하든 간에 위험과 고생 그리고 차원이 다른 스케일로 연결이 되기 때문.

 시청자들은 대륙의 도시들, 중요한 역사들이 뒤바뀌고 있다는 사실을 이미 알고 있기에 앞으로 나올 내용을 얼추 짐작하면서 보는 잔재미도 얻을 수 있었다.

 서정적이고 낭만적인 보로타 섬!

 바다신의 교단의 위협을 벗어나서 거친 풍랑에 조각배를 띄웠다.

 서윤이 등장하고 나서부터는 의도적으로 그녀의 얼굴을 나타나지 않게 했다.

 초상권 협의를 거치지 못하기도 했지만, 시청자들의 호기심을 제대로 끌어 올리기 위함이었다.

─뒷모습만으로도 절대 미녀입니다.
─노 젓는 손만 봐도 결혼하고 싶네요.
─잠깐씩 들리는 목소리가 그냥 혼을 빼 놓을 정도인데요.

 위드의 모험은 로열 로드 내의 관심을 집중시켰다. 시청률도 예정된 것처럼 대폭발!

 하지만 예전과는 다르게 안티 세력도 크게 늘어나 있었다.

-위드 때문에 폭삭 망했습니다. 근처의 도시가 파괴되면서 장사하던 가게가 파리만 날려요. 고블린이라도 와 주면 감사할 판임.
 -어렵게 마련한 집이 사라져 버렸어요. 이 피해는 누가 책임져 주나요!
 -무차별 도시 파괴. 그동안 쌓아 왔던 주민들과의 친밀도를 다 날려 버렸습니다. 아무리 위드라고 해도 이래도 되는 건가요?
 -하벤 제국과 원수를 진 건 이해합니다. 하지만 제가 무슨 죄가 있습니까?

 위드가 모험을 하면서 중앙 대륙에 입힌 피해도 상당히 컸기에 방송 중에 유저들의 원성도 대단했다.
 그때를 틈타서 헤르메스 길드원들도 부지런히 비난 글들을 올렸다.

 -위드는 원래부터 나쁜 놈입니다. 마법의 대륙에서도 그렇고, 타고난 본성은 숨길 수가 없어요.
 -진짜 지독한 놈은 위드임. 북부의 선량한 사람들이 속고 있는 거죠.
 -위드는 대륙을 위하는 게 아니라 자기 자신의 욕심을 챙기기 위한 모험을 해 왔던 것입니다. 제발 조금 냉정해지세요.
 -풀죽신교? 그런 우스운 단체에 가입해서 뭘 하시겠다고요. 번영과 발전이 있는 중앙 대륙으로 오셈.

위드에 대한 방송은 첫날부터 여러모로 큰 화젯거리를 일으켰다.

"이런 무능한 놈."

위드의 구박에 반 호크는 아무 말도 하지 않았다.

언데드의 정점이라고 할 수 있는 어비스 나이트가 되고 나서도 여전히 갈굼을 당하는 신세일 줄 누가 알았겠는가.

하고많은 인간들 중에서 위드가 용사로 전직을 하다니, 정말 터무니없는 일이었다.

"너에게 1군단을 맡긴다. 잘 지휘할 수 있겠지?"

"물론이다."

바르칸 데모프의 지배 당시 암흑 군대의 총사령관이던 반 호크!

그는 이제 8만에 달하는 인간 병사들을 지휘하는 역할을 맡았다.

"너희는……."

반 호크는 어중이떠중이들로 구성되어 있는 병사들을 쳐다보았다.

검을 쥘 수 있는 청년들이면 가리지 않고 강제로 징집해 왔기에 군기라고 할 것도 없었고, 도열해 있는 자세 역시 엉망이었다.

위드는 일부러 그에게 엠비뉴의 광신도나, 전투 경험이 없는 자들 위주로 맡겼다. 쓸 만한 병력은 조금이라도 가르쳐서 부족하더라도 중앙군을 구성하는 데 투입해 왔기 때문이다.

전설적인 몬스터, 어비스 나이트가 나타나자 병사들은 투기에 눌려서 꼼짝도 하지 못했다.

"싸우다가 죽어라. 투지를 불태우며 최선을 다해서 잘 싸울 필요도 없다. 그냥 일찍 죽어라. 그것만 잘하면 될 것이다."

"옛!"

반 호크는 1군단을 돌격 부대로, 선봉에 내세웠다.

화살에 맞거나 적의 기병들에게 밟혀서 무수히 많은 병사들이 사망!

"크흐흐흐."

"몸이 추워, 추워. 뜨거운 피를 마시고 싶다!"

병사들은 금방 좀비와 스켈레톤이 되어 다시 일어났다.

살아 있을 때보다도 오히려 빠르고 강한 힘을 가진 채로 달린다.

어비스 나이트의 권능에 의하여, 부하들은 죽음으로부터 회귀했다.

반 호크의 암흑 군대가 창설된 것이다.

8만의 인간 군대는 5만의 언데드와 5만의 인간으로 변했다.

총합으로 따지면 2만이 늘어났는데, 그것은 적들의 시체까지도 암흑 군대로 바뀌었기 때문이다.

반 호크가 암흑 지배 능력에 의하여 일으킬 수 있는 언데드의 숫자는 정확히 10만!

최대의 규모를 유지하고 나면 그 이후부터는 군대의 질을 향상시켜야 했다.

이후부터는 유령, 듀라한, 데스 나이트, 둠 나이트 등이 부지기수로 나타나게 되리라.

"음, 과연 멋지군. 언데드들은 먹이지도 재우지도 않아도 되니 참 좋아."

위드는 마폰 왕국에서 벌어진 전투에서부터 언데드까지 적극 활용했다.

사막 전사들로부터 시작된 위드의 군세는 급속도로 규모를 키웠다.

강제로 징집한 전투 노예들, 코끼리 부대에 이어서 언데드까지 편성된 것이다.

명실상부한 정복 군대의 위용!

공국들을 휩쓸며 약탈한 막대한 재물은 용병들을 고용하는 데 사용했다.

그뿐만이 아니라, 싸우지 않고 항복한 귀족들과 왕족들에게서 빼앗은 군대도 있다.

10만이 넘는 항복한 병력을 정찰과 공격, 점령의 선봉에

투입했다.

위드가 거느린 군대는 이제 30만의 대군을 넘어가면서 강렬하게 중앙 대륙을 강타하고 있는 중이었다.

"벌써 도시만 20개 정도는 부숴 버린 것 같은데. 역사에 확실히 기록될 수 있겠군. 음, 역시 사람은 죽어서 이름을 남긴다고 하더니… 아주 명예로운 일이야."

가히 역사에 길이 남을 악당으로, 나쁜 짓들을 패키지로 저지르는 중!

위드의 절대적인 무력과 카리스마 앞에 인간 병사들은 감히 숨도 편히 쉬지 못하였다.

언데드가 동료로 있고, 도시들을 점령하면 모조리 부숴 버리는 마당에 병사들이라고 어찌 마음이 편하겠는가.

성문을 스스로 열고 항복한 도시들만이 완전한 파괴를 피할 수 있었다.

전투 노예들은 사막 군단이 지나간 많은 도시와 국가에서 강제로 끌려와서 전쟁을 수행했다.

오로지 전투를 할 뿐이고, 희망은 잃어버렸다.

"우린 악질 중의 악질에게 잡힌 거야."

"내일 탈출을 시도해 볼까?"

"안 돼. 밤을 이용하더라도 저자의 시야를 벗어나진 못할 거야. 그리고 탈출을 시도했다가 잡히면 어떻게 되는지 알잖아."

병사 1명이 탈출을 하니 2,000명으로 구성된 부대 전체를 몰살시켰다.
　사기보다는 공포가 지배하는 군대!
　위드가 그들에게 허락하는 건 적들을 죽이고, 그 후에 마음껏 약탈하는 것뿐이었다.
　쌓여 가는 절망감을 해소하기 위해 병사들은 적들에게 더욱 잔혹해졌다.
　"돌격해라."
　위드의 명령이 떨어지기만 하면 병사들은 붙잡혀 있던 야생마들처럼 뛰쳐나갔다.
　"크히히히히힛!"
　"죽여. 몽땅 죽여!"
　"다 빼앗으리라."
　병사들의 정신 상태는 가히 최악을 달렸다.
　어쩔 수 없는 부분이, 시간과 안정된 보급 기지, 사기, 훈련도, 그 외의 그 어떤 요소도 제대로 갖춰지지 않았다.
　오로지 전쟁을 수행하기 위한 군대!
　"전부 승리를 거둬야 해."
　절대적인 힘과 지배력, 카리스마를 바탕으로 대군을 거느리고, 싸울 때마다 승리를 거두고 있었다.
　더구나 병사들이 잔인할수록 전쟁에 써먹기에는 좋았으며, 중앙 대륙의 황폐화에도 도움이 되리라.

띠링!

> -정복자의 등장 퀘스트 완수에 필요한 조건을 현재까지 여섯 가지 달성하셨습니다.
> 퀘스트의 목표를 이미 초과 달성했습니다.
> 광신도들이 차지한 다간 왕국의 멸망 완료.
> 헤르가 강 주변 도시국가들의 파괴 완료.
> 광신도 훈련 기지가 있는 루프레아 공국의 초토화 완료.
> 도시 이트아 방화로 초토화 완료.
> 엠비뉴 교단의 비밀 신봉자 헬센 왕비 일가 참살.
> 드로마 왕국의 붕괴, 드로마 왕국에는 새로운 왕조가 나타날 것입니다.

몇몇 도시들과 왕국들은 멀어서 갈 수 없었다는 점을 고려하면 실로 놀라운 성과를 올렸다.

엠비뉴 교단과의 전투를 피하려면 3개 정도의 목표만 달성하고 군대를 해체시켰으면 되었으리라. 그렇지만 퀘스트 완수에 따른 추가 보상을 얻기 위해서라도 엠비뉴를 따르는 국가들을 확실히 파괴했다.

레벨 824에 달하는 능력도 원래의 세상으로 돌아가면 사라지게 된다.

물 들어왔을 때 노를 저어야 한다는 명언처럼, 능력이 있을 때 뭐라도 건져야 하지 않겠는가.

게다가 이런 정복 전쟁도 쉽게 경험하기 힘든 일이라서 재미가 있었다.

어느 누가 과거의 역사 속으로 들어와서 이런 전쟁을 화끈하게 일으킬 수 있을 것인가.

 특히 전쟁의 시대에는 기사들의 능력이 출중해서 그만한 능력을 발휘할 수 있는 유저도 드물 테지만, 설혹 있더라도 대륙을 정복하겠다는 야망을 실현시키기란 보통은 어렵다.

 위드가 완벽하게 착한 편은 결코 아니었다. 나쁜 짓을 저지를 기회가 없었을 뿐.

 정직하고 착실한 사람도 권력을 쥐여 주면 변하기 마련인데, 위드의 경우에는 애초부터 악당이 되고 싶어서 노리고 있었다.

 초등학교를 다니던 때에 선생님이 커서 뭐가 되겠느냐고 미래의 꿈을 물은 적이 있었다.

 위드는 당당하게 '인류 평화를 위협하는 대악당, 혹은 세계 평화를 파괴하고 음모를 곳곳에 뿌리는 마왕'이라고 적고 신 나게 맞았다.

 어릴 때부터 키워 온 금단의 꿈을 실현시킬 기회가 열리고 만 것이다.

 "모조리 죽여라. 항복하더라도 돈이 없으면 살려 두지 마라. 그리고 성의 재물 창고에는 손대지 마라. 그건 내 거다!"

 폭군 위드!

 항복한 병사들도 결국 전투 노예가 되어 다음 전쟁에 강제로 끌려가야 되었으니 살아도 산 것이 아니었다.

 이제 전쟁의 시대의 왕국들도 적극적인 대응에 나섰다.

"야만인들이 더 이상 우리 왕국에 얼씬도 하지 못하게 하라."

"놈들의 잔인무도함이 극에 달했다. 기사단을 보내어 위드라는 자의 목을 가져오도록 하라."

"위드라는 자는 대단한 용사라고 한다. 놈이 왜 우리를 적대하는지는 모르겠지만, 더는 참을 수가 없으니 노트망 왕실의 위엄을 알려 주어라."

왕국들이 토벌을 위해 대규모 군대를 이동시켰다.

수십만의 정예 병력이 전쟁 준비를 하고 위드와 사막의 붉은 칼 군대를 몰살시키기 위해 진군해 오고 있었다.

아울러 엠비뉴 교단도 움직였다.

― 엠비뉴 신의 신탁이 이루어지고 있다.
― 남쪽에서 우리를 막을 거대한 힘이 저들이다. 저들을 없애야 한다.

이 대륙의 불안 속에서 깊게 뿌리를 내리고 기생해 왔던 그들이 활동을 시작했다.

숲과, 존재가 알려지지 않은 길고 복잡한 지하 동굴을 통해서, 그리고 엠비뉴 교단에 복종하고 있는 왕국에서 비밀리에 집결하는 모습이 동영상으로 보였다.

놀랍게도 크기가 400미터가 넘어가는 거대한 거북이 같은

괴생명체들이 하늘을 날아다녔고, 그 위에는 엠비뉴 궁수들이 300명 이상씩 타고 있었다.

당당하게 하늘을 뒤덮은 엠비뉴의 군대에는 돌과 쇠뇌를 쏠 수 있는 장치까지 달려 있었으니 공중 병기들이라고 해도 될 정도였다.

그리고 10층짜리 탑처럼 큰 키의 청동 거인들이 땅을 울리며 뒤를 따른다.

창과 곡괭이를 든 광신도들은 새까맣게 평원을 뒤덮었다.

이 광신도들도 만만하게 볼 수 있는 존재가 아니었다.

노들레와 아헬른에 의해서 몰락하고, 한동안의 회복기를 거쳐서 다시 세상에 나오는 미래와는 달리 현시대의 광신도들은 엠비뉴의 신성력을 받아들여 몸이 바뀌었다. 팔다리가 잘려도 죽지 않고, 힘은 철판 갑옷을 찢어 놓을 수 있을 정도로 강했다.

제4지파, 제6지파.

대사제 모툴스, 대사제 잉그리그가 암흑 군대를 이끌었다.

대사제들의 레벨은 700대 초반 정도이지만 사제이면서 주술과 마법까지 자유자재로 사용하기에 부하들을 이끌고 치르는 전투에서는 그보다 훨씬 뛰어난 능력을 발휘한다.

교단의 상층부에 있는 징벌의 사제들도 절대 피할 수 없는 희생의 저주와 흑마법을 쓰기에 굉장히 까다롭다.

엠비뉴의 전력은 이 시대에 전성기를 달리고 있어서, 출정

에 나선 징벌의 사제들도 수백 명에 이르렀다.

전력의 중심축을 구성하는 1만 명이 넘는 암흑 사제들과 극악의 기사단의 위용도 너무나도 엄청났다.

세뇌와 현혹은 기본으로 하고, 온갖 암흑 주술과 나중에는 실전되어 전해지지 않는 것으로 알려진 엠비뉴의 암흑 마법까지도 사용한다.

켈튼 왕국을 위협하던 악녀 페쳇도 제자들을 데리고 가세하게 되었으니 더 이상 필요한 게 없을 정도로 사상 초유의 막강한 군대였다.

위드와 서윤.

이곳에서 단 2명만이 유저이고 이 거대한 대륙과 왕국, 주민들, 모든 것들이 NPC로 이루어져 있다.

수많은 퀘스트들이 생겨나고 사라지는 이 순간, 역사서에만 기록되어 있는 시간을 직접 변화시키고 만들어 간다.

역사서에 기록될 큰 전쟁을 주도하여 일으키고 지휘해야 한다.

스케일이 크다는 점에서 이번 퀘스트는 마음에 들었다.

그렇지만 냉정하게 생각하면 사막 지역을 제외한 모든 것들을 적으로 두고 다퉈야 한다.

거기에다 모습을 드러낸 엠비뉴의 군대는 기대 이상으로 무시무시하기 짝이 없었다.

위드는 비로소 과거에 어떤 일이 벌어졌는지를 깨달았다.

"노들레가 성공했던 건 정말 고전에나 나오던 전형적이고 고리타분한 영웅물이었구나!"

엠비뉴 교단의 전력은 그냥 세상에 나서더라도 무난히 대륙을 찜 쪄 먹을 수 있을 정도였다.

사막 군단을 이끌고 정복을 하고 있는 위드였기에 정세 판단은 매우 정확했다.

사막 전사들은 정예화가 되어 강해지더라도 숫자가 적지만, 엠비뉴 교단의 군대는 온갖 괴상한 생명체들을 데리고 다녔으며 부하로 삼을 광신도들은 넘쳐 났다.

"근데 참 할 일도 없지. 무슨 혼돈의 드래곤을 깨우고, 더 강한 신성력을 얻기 위해 탑을 세운다고 하질 않나, 욕심도 많아."

철두철미하게 준비하고 계획을 세운 엠비뉴 교단.

그러다가 예상치 못하게 노들레와 아헬른의 동료들에 의해서 무언가 복구 불가능한 큰 피해를 입고 괴멸하게 되었다.

영웅 이야기에 흔히 나오는, 막강한 힘을 가지고도 대륙을 정복하지 못하고 한순간의 방심으로 모든 걸 날려 버리는 무능하고 허점 많은 악당의 역할을 엠비뉴 교단이 맡았던 것이다.

"이런 못난 놈들."

오죽하면 위드는 엠비뉴 교단에 대해 화가 다 날 지경이

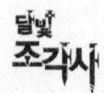

었다.

저만한 직속 군대도 있었으며, 세뇌와 뇌물로 인해 다수의 왕과 귀족들도 그들을 따르도록 포섭했다. 이 정도 되면 당연히 대륙 정복 정도는 어려운 목표도 아니니 무난히 달성해야 할 것이 아닌가.

악당들의 그 땀과 열정이 얼마나 허망하게 사라진 것인가.

"정말 멍청하게 당한 거야. 만약 내가 엠비뉴 교단의 수장이라면 온갖 야비한 수단을 다 써서 손쉽게 해내고도 남았을 텐데. 차라리 엠비뉴 교단을 일으켜 세우고 놈들이 대륙을 지배하게 하는 퀘스트였더라면 정말 간단히 성공시켰겠는데."

아무튼 바보처럼 방심하다가 당하기만 했던 과거의 엠비뉴 교단은 위드로 인해서 바뀌었다.

엠비뉴 교단의 군대가 예정에 없이 일어나서 위드와 사막 전사들을 막기 위하여 진군해 오고 있었다.

"이놈의 팔자는 사고를 쳐도 단단히 쳤군. 내가 너무 욕심을 부렸을까? 적당히 영웅 놀이나 하다가 마쳤어야 하는 건데."

그에게 아주 큰 짐이 지워져서, 패배하면 엠비뉴 교단과 마족이 판을 치는 세상이 오게 되리라.

사실 위드는 노들레 역할을 하는 동안 마음이 편하지는 않았다. 정의로운 영웅의 행적을 따라가다 보니 억지로 이끌려가는 감이 있어서 식상했다.

그러나 사막 군단을 끌고 중앙 대륙을 침략한 건 위드의 선택. 이미 어긋난 이상 운명의 궤적은 이대로 굴러가야 했다.

"내 모든 행동들이 미래의 역사가 되는군. 그렇다면 몽땅 부숴 주겠어. 혹시 안된다면 뭐 어쩔 수 없고."

대륙 전체를 배경으로 날뛰어 볼 극히 드문 기회.

레벨 800대의 절대적인 무력을 바탕으로 전쟁의 시대, 혼란스러운 대륙을 휩쓸어 버리는 것이다.

드넓은 땅과 도시들을 정복하고, 엠비뉴 교단도 물리쳐서 대제국의 위업을 달성한다.

위드와 서윤이 떠나고 나면 그리 오래 유지되지는 않을지도 모르지만, 영원하지 못한 건 인생사 자체가 마찬가지다.

전쟁과 모험을 하면서 얻는 짜릿한 재미!

"나쁜 짓을 이렇게 실컷 할 수 있는 기회도 드물지. 정의를 위해서 엠비뉴 교단을 부수는 게 아니라, 어설픈 그놈들에게 진정한 악당이 무엇인지 가르쳐 줘야겠어."

어릴 때부터 악당 만화를 보면서 느꼈던 답답함을 이번 기회에 확 풀어 버릴 작정이었다.

이제 다음 도시를 약탈하러 가기 위해서 군대를 이끌고 이동을 해야 할 때다.

위드는 먼저 쌍봉낙타에 올라서 서윤에게 손을 내밀었다.

"잡아."

"고마워요."

먼 거리를 이동할 때에는 서윤과 낙타를 같이 탔다.

그녀는 레벨을 올리지 않았고, 기마술도 가지고 있지 않다는 현실적인 이유도 있다.

그렇지만 빠른 이동을 위한 것만은 아니라, 둘이 다니는 게 익숙해졌다.

심각하게 추웠던 북부에서도 그렇고, 사막에서도 함께 다녔다. 길을 걸으면서 많은 말을 나누지 않았더라도 나중에는 추억이 쌓인다.

'젊음은 순식간이고 인생은 길지. 앞으로 시간이 지나면 이 추억을 얼마나 자주 떠올리게 될까.'

두 사람이 젊어서는 낭만적이고 행복한 시간을 보낸다. 그리고 살아가면서 힘든 일을 함께 경험하고 이겨 낸다. 그렇게 같이 나이가 들고 나면 등 긁어 줄 사람이 얼마나 중요하겠는가.

무수한 고생들에 가려져 있지만 연인의 의미를 알려 주는 낭만적인 노들레와 힐데른의 퀘스트가 아닐까 하는 생각도 조금은 들었다.

사실상 생판 남이라면 이런 고생을 하면서까지 도와줄 순 없을 것이다.

위드는 내색은 전혀 하지 않았지만, 이렇게 먼저 손을 내

미는 것으로 자신의 마음을 드러냈다.
 '내가 좋아한다는 티는 전혀 안 나겠지.'
 어릴 때부터 쭉 가난하게 살아왔더니 사랑에 대해서도 자신감이 없다.
 멀쩡하게 잘 사는 여자 데려와서 고생만 시키는 건 아닐지에 대한 불안감 때문에 감정에 솔직해지지 못했다.
 그게 죄이고 미안하다는 생각이 들었으니까.
 중학교, 고등학교를 다닐 때에도, 좋은 여자가 있어도 그저 바라보기만 하다가 시간을 다 보내고 말았다.
 좋아하는 마음이 있더라도 드러내기가 무서워서 그저 흘려보내고 만 것이다.
 '그래도 이 여자라면……'
 서윤과 보낸 시간들이 믿음이 된다.
 놓치고 싶진 않지만, 그렇다고 해서 좋아한다는 말을 꺼낼 수도 없는 애매한 마음.
 '뭐, 좋아한다는 티를 안 내면서 계속 같이 다니지. 그러다 보면 자연스럽게 어느 쪽으로든 해결이 날 거야.'
 위드는 비겁하더라도 속마음을 숨기면서 대했다.
 서윤은 그런 행동들을 보면서 느꼈다.
 '아, 이제 날 많이 좋아하는구나.'
 숨기려고 해도 상대방에게는 그냥 드러나고 만다.
 벌써 꽤 오래전의 일로, 바란 마을에 프레야 여신상이 조

각되던 때였다.

그때만 하더라도 서윤은 마음이 닫혀 있었다.

위드는 그녀를 모델로 해서 여신상을 환하게 웃는 밝고 아름다운 모습으로 조각했다. 그리고 한 줄의 문구를 몰래 숨겨서 적어 놓았다.

—이렇게 웃으면 좋을 텐데… 내가 웃을 수 있게 하진 못하겠지…….

서윤은 바란 마을로 돌아가서 그 작은 문구를 발견했다.

교관의 통나무집에서 만났던 기억은 짧지만, 조각품으로 인해서 약간은 특별하게 여기게 되었다.

그리고 절망의 평원을 넘어가면서 흉측한 오크 카리취를 만나게 되었다. 이유는 알 수 없지만 그녀를 보고 나서의 약간은 특별한 행동과 눈빛으로, 위드라는 사실을 금방 알아봤다.

모른 척 평원을 여행하면서 했던 동행, 그리고 위드가 남긴 조각품.

눈물을 흘리면서도 웃는 그녀의 조각품!

서윤은 마음으로 항상 울고 있지만, 또한 약해진다는 생각에 고통을 내색하지 못했다. 의심하고 불안해하지만 상처 받기 쉬운 여리고 순수한 면을 숨겨 왔다.

조각품을 보면서 펑펑 울고 아픔을 달랠 수가 있었다.
 그 이후부터는 위드가 조각품을 깎을 때마다 항상 기대가 되어서, 조금도 싫어하지 않고 기꺼이 모델이 되어 주었다.
 자신의 조각품이 아름답게 깎여 나갈수록, 서윤은 더욱 예뻐질 수 있었다.
 위드도 자신처럼 마음을 겉으로 드러내기를 무서워한다.
 하지만 조각품은 솔직하다.
 알베론이 끼어서 북부로 여행을 할 때 동굴 안에 숨겨서 만든 따뜻한 연인들의 조각품!
 위드와 서윤이 서로를 안아 주며 온기를 나누는 조각품이었다.
 겉으로 드러내지 않아도 깊은 곳에 담겨 있던 마음을 조금씩 표현해 왔던 것이다.
 두 사람은 각자의 인생을 겪어 왔고, 각자의 아픔을 겪으면서 살아왔다. 그리고 처음으로 상대를 마음에 담아 두고 내색도 하지 않은 채로 많은 사건과 시간을 보냈다.
 이젠 눈을 감고도 상대방의 마음을 알 수 있는 단계가 되었다.

알려지게 된
조각술 최후의 비기 퀘스트

둥! 둥! 둥! 둥!
페일은 활을 들고 산속을 달렸다.
"진짜 내가 한 번은 이렇게 될 줄 알았어."
위드가 없는 사이에 그들끼리 모험을 하는 것은 일상적으로 자주 벌어지는 일이다.
하지만 이번에는 무려 니플하임의 4대 보물 중 하나의 회수!
마판에게 단서를 듣고 할메른 산에 오긴 했는데, 이 주변에 있는 어쌔신 순찰대가 장난이 아니었다.
동료들은 각자 의견을 냈다.
"저 나무 성채에 잠입을 해야겠어요."

"우리 중에는 몰래 침입할 만한 직업이 없잖아요. 놈들의 직업도 어쌔신이라서 보통 어려운 일이 아닐 거예요."

"그럼… 누군가 시선을 끌어 줘야 되겠죠."

그리고 동료들 모두의 시선이 마치 짜기라도 한 듯이 페일에게로 모였다.

로뮤나가 말했다.

"어쌔신들에게 쉽게 잡히지 않을 정도로 잘 달리고……."

이리엔도 고개를 끄덕였다.

"여러 대 맞아도 죽지 않아야 해요. 생명력이 낮으면 멀리 유인하지도 못할 테니까요."

수르카는 양심의 가책을 0.3초 정도 느끼며 말했다.

"반격도 틈틈이 가해야겠죠! 어려워도 페일 오빠라면 할 수 있을 거 같아요."

페일의 이름이 직접 거론!

화령, 벨로트는 뭐 당연하지 않냐는 입장이었다.

"이럴 때 페일 님이 있어서 정말 든든해요. 남자라면 이정도는 해야죠."

"리더십도 있고, 모험에서도 솔선수범하는 모습이 정말 매력이……."

페일은 연애 경험은 많지 않지만 주변에 항상 여성들이 있는 편이라 눈치가 빨랐다.

'이런 게 몰아가기구나. 벨로트 님도, 지금 주말 황금 시

간대 드라마에서 하던 목소리 톤으로 연기를 하고 있어.'

뭇 남성들은 보통 페일을 부러워하기 마련이었다.

모라타의 선술집에서 가볍게 한잔이라도 하고 있으면 시선들이 그에게로 꽂혔다.

'저런 은하계를 구한 놈.'

'대대로 독립투사 가문일 거야.'

'얼마나 행복할까. 나도 저렇게 인기 있게 살고 싶다. 안 되겠지, 아마.'

정작 질투와 시기를 받는 페일의 입장에서는 좋은 것도 아니었다.

여자들이 먹은 음식 값은 대부분 그가 내야 하며, 복잡한 수다들도 지겨운 내색 하지 않고 들어 줘야 된다.

특히 여자들은 가방 이야기를 할 때에 진지하기 짝이 없었는데, 화령은 아예 한평생 무두질만 하고 살아온 가죽 장인과 같은 분위기를 풍기면서 이론은 대학교수 수준이었다.

여자들과 같이 다녀 봐야 맨날 심부름에 잔소리를 들으며 지낸다.

페일의 마음을 가장 아프게 했던 건 어쌔신들을 유인해야 하는 위험한 임무에 메이런도 남자 친구인 자신을 추천했다는 것이다.

"무사히 살아 돌아오시리라 믿어요."

메이런도 레인저로서 직업이 거의 비슷해서 임무를 맡을

수 있었다. 그렇기에 더욱 페일이 대신 가 주기를 바랐다.

또 다른 남자인 제피는 평소의 화려한 언변은 다 어디다 치웠는지 조용히 물만 마셨다.

낚시꾼은 아무래도 생명력은 굉장히 높지만 이동속도가 느려서 적들을 유인하며 도망치는 역할에는 부족할 수밖에 없다. 제피는 어쌔신들과의 전투에 정면으로 나서서 몸으로 때워야 하는 임무도 갖고 있었다.

그렇게 되어 페일은 망루에 있는 어쌔신을 향해 화살을 쏘고 뒤돌아서서 도망 다니는 신세가 되었다.

그를 향해서 응원을 보내는 귓속말들.

- 멀리 데려가. 이 근처에 있으면 우리가 위험하니까!
- 잘하리라 믿어요.
- 멋진 모습 보여 주세요.

여자들로부터 아무리 응원을 받거나 칭찬을 들어도 그건 그때뿐이란 걸 페일은 몸으로 절절히 깨닫고 있었다.

예쁜 여자들 사이에서 불행한 남자 페일!

하지만 혼자가 되고 나니 그의 진면목이 드러났다.

"회귀 화살!"

페일은 산을 달리면서 앞으로 화살을 쏘았다. 정면으로 쭉 날아가던 화살은 방향을 정반대로 바꾸어서 되돌아왔다.

페일의 귀 옆을 아슬아슬하게 스쳐 지나간 화살은 뒤쫓고 있던 어쌔신의 가슴에 꽂혔다.

"캬악!"

피부가 푸른 종족이라서 비명 소리도 인간과는 약간 달랐다.

페일은 달리면서 등 뒤의 화살통에서 화살 5개를 꺼내 한꺼번에 시위에 장전했다. 화살을 끼우는 것은 수없이 많이 반복적으로 경험했던 일이라 어려울 것은 없었다.

그리고 적당히 기분 좋을 정도로만 긴장했다.

'나 정도의 위기는 아무것도 아니야. 위드 님은 매번 바늘구멍 같은 생사의 갈림길을 넘잖아. 조금 많이 위험한 정도는 헤쳐 나가 봐야지.'

모진 놈 옆에 있다 보니 간도 커졌다.

"분산 사격!"

페일이 번개처럼 뒤돌아서며 어쌔신들이 있는 방향으로 화살을 쐈다.

20여 개로 늘어난 화살들이 어쌔신들을 덮쳤다.

"케엣!"

"꽥!"

비명 소리를 들으면서 페일은 다시 달렸다.

독을 바른 단검, 사슬낫, 독화살 같은 것들이 날아와서 아슬아슬하게 뒤쪽에 틀어박혔다.

페일은 풀숲과 나무들을 장애물 삼아서 도주했다. 속도뿐만이 아니라 순간적인 판단이 매우 중요했다.

'놈들은 그냥 단순하게 추격해 오지 않아.'

10명이 넘는 어쌔신들이 중간에 다른 곳으로 빠졌다. 포위망을 구성하고 있는 것이리라.

'왼쪽, 오른쪽? 왼쪽이다.'

페일은 짧은 순간 지형을 분석하고 예감을 믿었다.

전투와 모험을 하면서 쌓아 온 감각이 즉흥적이고 정확한 판단을 내릴 수 있게 했다.

나무 위에서 어쌔신이 뛰어내리면서 단검을 찔러 왔다.

"크힛, 인간, 죽음이다."

페일은 활대로 막고 한 걸음 물러서면서 바로 머리에 화살을 쐈다.

"그건 네 얘기야!"

바로 코앞에서 어쌔신을 처치!

궁수는 근접전에 약하다는 인식이 있고, 실제로도 그렇다. 대체로 활 외에도 비상용으로 무기를 하나 정도 더 다루긴 한다. 엘프들은 타고난 지혜 덕에 정령술이나 마법을 익히지만, 인간들은 대부분 단검을 선택한다.

하지만 궁수는 힘에 스탯을 많이 투자하지 못해서 단검의 위력은 많이 낮은 편이었다. 위드처럼 힘이나 민첩성에 무지막지한 스탯을 가지고 있는 쪽이 비정상인 것이다.

그래서 사냥을 하면서도 가급적이면 화살로 쏘아서 이길 수 있는 유리한 거리를 항상 유지하도록 한다. 어떠한 이유에서든 단검을 드는 상황 자체가 전투 실패로 간주되는 것이다.

레벨이 더 오르더라도 단검술 스킬들은 거의 늘어나지 않았고, 몬스터에게 맞아서 맷집이나 방어력으로 버텨야 하는 경우도 드물다.

근접전이 벌어지게 되면 고레벨 궁수들도 허무하게 무너지는 이유였다.

페일은 몬스터들 근처에서도 빨리 달리면서 화살을 쏘는 연습을 많이 했다. 떨지 않고 차분히 준비하면 한 번씩의 기회는 있다.

그리고 몬스터의 공격도, 광역 스킬 같은 걸 쓰지 않는다면 잘 보고 최대한 비껴서라도 맞으려고 한다.

위드의 전투를 바로 옆에서 지켜보고 있다 보면 왠지 안전하고 편안한 곳에서 활시위만 당기는 것은 사치스럽게 느껴진다.

그동안 제대로 한 사람의 몫을 다하기 위해서 노력해 온 결실이 나타나고 있었다. 다른 궁수들은 엄두도 낼 수 없는 냉정한 움직임이었다.

나무와 나무 사이로 쏘아져 나가는 화살!

갑자기 휘어지고 솟구치면서 어쌔신들이 매복해 있는 지역에 작렬했다.

"크엑!"

밀려난 어쌔신이 부상을 무릅쓰고 덤벼 오려고 하는데 다시 화살이 가슴에 작렬했다.

"잘 가라."

페일은 잡템까지도 정확히 챙겨서 다시 도주했다.

몬스터나 적을 죽이고 나서 아이템을 회수하지 않는 건 낭비 중의 낭비라고 느낀 탓이었다.

사실 레벨이 오를수록 잡템이 살림에 크게 보탬이 되지는 않지만, 가끔 퀘스트를 하면서 도움이 된 적도 있다.

'이쪽이 활로가 맞는 것 같아.'

2명의 어쌔신이 기습을 해 왔지만 페일은 스스로의 판단을 믿었다.

포위망이 완벽하게 구성되고 있었다면 어쌔신들은 성격상 인내심을 발휘하면서 기다렸을 것이다. 어딘가 조급하게 덤벼 오는 모습들이, 채 준비가 안 된 것 같았다.

그리고 실제로도 페일은 어쌔신들에게 포위당하지 않고 있었다.

"스물하나, 스물둘, 스물셋!"

추격해 오는 어쌔신들을 화살로 차례차례 제압!

어쌔신들이 숨어 있을 것으로 예측되는 수풀과 나무 뒤에는 먼저 화살을 쐈다.

"관통 화살!"

"크윽!"

화살이 두꺼운 나무를 꿰뚫고 지나갔는데 신음 소리가 났다.

고레벨 궁수가 작정하고 제대로 쏜 화살을 이 거리에서 맞는다면 치명타였다. 비슷한 레벨에 방어구가 좋은 기사 정도라면 몇 발쯤은 버틸지도 모르지만, 그럼에도 생명력이 크게 떨어진다.

"감속 화살!"

대장급 어쌔신에게는 목표의 속도를 늦추는 화살을 연속으로 쏘았다.

방어력보다는 은닉에 관심이 많은 어쌔신들은 살아남기 힘들었다.

"연속 화살!"

멀리서 달려오는 어쌔신들을 발견하면 회피 동작까지도 예측하고, 그다음 공격들도 이어 나가며 제압했다.

페일은 탁 트인 평원이 아니라 이 숲에서 활 하나를 들고 어쌔신들을 몰아내고 있었다.

어느 순간부터는 뒤로 도망치지 않고 이리저리 녀석들을 유인하면서 싸웠다.

어쌔신들의 공격이란 한 번만 허용하더라도 죽음에 이를 수 있다. 당장 가진 생명력으로 잠깐 버티기야 하겠지만 지독한 독에 의해서 출혈이 심해지거나 환각, 마비에 시달려서 결국엔 죽음을 맞이하게 되는 것이다.

위험하고 중요한 순간이기에 심장이 거세게 뛴다.

그럴수록 더 냉정해지고 차분해져서 실수도 하지 않으며

대범하게 어쌔신들을 처리!

순간적이지만 페일의 분위기는 작은 산에서 느껴지는 것만 같은 단단함이었다.

띠링!

> ─할메른 산의 어쌔신 추격대가 전멸했습니다.
> 어쌔신 63명을 활로 처치했습니다.
> 화살 적중률 49.7%.
> 치명적인 공격 52회.
> 일격 필살 24명.
> 어떠한 도움도 없이 기적적인 승리를 거두었습니다.
> 어쌔신들을 처치하여 큰 전투 명성을 날리게 됩니다.
> 호칭 '할메른 산의 사냥꾼'을 얻었습니다.
> 신속하고 정확한 사냥으로 민첩이 1 높아집니다.

페일은 승리를 거두자마자 어쌔신의 성채가 있던 장소로 뛰어갔다.

"이런, 큰일이 없어야 할 텐데."

기쁨을 만끽할 틈도 없이, 다른 동료들이 위험에 빠졌으면 구원을 해 주기 위해서였다.

다행히 성채의 외곽에 있던 어쌔신들은 대부분 페일을 뒤쫓다가 사망했고, 동료들은 무사히 안으로 들어가서 단서 아이반슈타인의 비밀 기록을 구해 냈다. 할메른 산을 장악하고 순찰하고 있는 어쌔신의 본거지에 무언가 있을 거라는 예측이 사실로 맞아떨어진 셈이다.

로뮤나가 페일을 보더니 귀신을 본 것처럼 눈을 크게 떴다.
"어, 살아 있었네!"
"그게……."
"죽을 줄로만 알았어."
"……."
"어떻게 살아온 거야?"
애초에 죽을 위험이 가득한 역할을 맡긴 것이 잘못이 아니냐고 따져 보고 싶기도 했지만, 동료들도 할 말은 있었다.
그들은 그렇게나 많은 어쌔신들이 페일의 뒤를 쫓아갈 줄은 몰라 당황했다고 했다.
그러나 페일과 어쌔신들이 순식간에 너무 빨리 멀어졌고, 그 속도를 쫓아갈 수 있는 건 메이런 정도뿐.
어쌔신들을 추격하다 보면 오히려 놈들이 메이런을 발견하고 한꺼번에 덤벼들어서 완벽하게 일을 그르칠 수도 있기에 당시에는 빤히 보면서도 어떻게 할 수 있는 방법이 없었다는 것이다.
제피가 다가와서 신기하다는 듯이 물었다.
"따라가던 어쌔신들을 설마 혼자서 다 처리하신 겁니까?"
"그랬죠."
페일은 이제 자신의 무용담을 늘어놓고 동료들에게 자랑도 할 시간이라고 생각했다. 다소 스릴 만점의 위기가 있었지만 무난히 잘 넘겼고 대단한 경험도 쌓았다면 괜찮은 것이 아닌가 싶었다.

하지만…….

"언니는 예약 몇 번째예요?"

"한정판 나왔다는 소식 듣고 바로 걸어 놨는데 그래도 37번이야. 올가을은 되어야 싸넬 가방을 들 수 있을 것 같아."

"완전 부럽다. 전 71번인데."

화령과 벨로트는 진지하게 대화 중이었다.

그녀들에게는 처음부터 별로 기대할 것도 없었다.

가수와 배우가 가방과 구두에만 신경을 쓰면서 어떻게 작품 활동을 하는지 궁금하긴 했지만, 그녀들에게는 그게 활력의 원천이라는데 어쩔 것인가. 연예인에게는 자신을 드러내는 부분이 매우 중요한 자산이다 보니 이해하고 넘어가는 수밖에.

오랜 친구이자 동료인 로뮤나와 수르카, 이리엔에게 기대어 봐야 했다.

"나보다 잘 싸우네. 완전 운이야. 짜증 나."

"위험한 일이 생기면 다음에도 또 부탁해요."

"휴우, 이러면 안 되는 건 알지만 사제로서 할 일이 없으니 서운하네요."

"……."

그래도 최후의 보루, 여자 친구인 메이런이 있지 않은가.

기대에 어긋나지 않게, 메이런은 염려스러운 눈빛으로 페일의 머리끝에서 발끝까지 꼼꼼히 살펴보고 있었다.

'내가 다치진 않았나 걱정하는구나. 역시…….'

페일은 감격에 푹 빠졌다.

"어디 숨겨 놓은 거 없어요?"

"없는데요."

"혼자 좋은 아이템 장비하고 치사하게 말 안 해 주는 거 아니죠?"

"……."

인생은 혼자라는 말이 절실하게 실감 나는 페일이었다.

서정적이고 잔잔하게 시작된 위드의 모험 방송!

각 방송국들은 연일 특집 방송을 하며 시청자들을 사로잡았다.

둘째 날에는 바다신의 세력을 피해 중앙 대륙을 횡단하여 도망을 다니다가 서윤이 사로잡히고 포르투 왕성에서 구출하는 모습이 방송되었다.

방송국들은 긴장감을 높이기 위해 배경음악도 깔아 주고, 자막과 특수 효과도 화려하게 넣어 줬다.

-아… 완전히 한 편의 드라마네요.

―힘이 없어도 사랑이 있으면 이렇게 해낼 수 있죠. 그래도 정말 아슬아슬했네요.
―위드랑 힐데른 역할의 여자는 포탈을 통해 어디로 사라진 걸까요?
―그게 내일 방송을 기다려야 하는 이유죠.
―노들레와 힐데른의 이야기에 이렇게 깊은 사연이 있었을 줄은 몰랐어요.

평소와는 달리 시청자 게시판에 여성들의 점유율이 아주 높았다.
그들은 무조건 위드와 서윤이 이어져야 한다는 데에 의견의 일치를 봤다.

―정말 잘 어울리는 커플인 것 같아요.
―위드 님에게 맞는 듯.
―원래 친한 사이 아니에요?
―오늘이 딱 이틀째잖아요. 앞으로도 보통 위험한 모험들이 남아 있는 게 아닐 텐데… 무사히 다 넘기고 결혼까지 했으면 좋겠네요.
―뒷모습이나 잠깐씩 스쳐 지나가는 옆모습만 보이지만 여자의 직감으로 판단하건대 정말 예쁠 듯.

각 게시판마다 위드의 모험과 관련된 이야기들 외에는 찾

아볼 수가 없었다.

그러나 위드의 골수팬들은 다소 따분하게 보았다.

로맨틱한 분위기, 바다, 무너지는 성에서의 구출.

이딴 게 다 무슨 소용이란 말인가.

"지겨워. 지긋지긋해."

위드라고 하면 거대한 규모의 전투에서의 눈부신 활약, 불가능함을 극복하는 짜릿한 모험이 좋았다.

-여자와 돌아다니다니 실망입니다. 나태해졌군요. 모험에서의 박진감도 많이 무뎌졌어요. 성에서의 구출은 나름 흥미로워서 시간 가는 줄 모르기는 했지만요.

-위드의 전투 장면을 못 보니 영 성이 차질 않는군요. 도망이나 다니고, 피하기 급급한 모습을 볼 줄이야.

-이렇게 하찮고 나약한 모습을 보기를 원했던 게 아닙니다.

-위드를 도와주던 남자는 누구인가요?

-아마 검술 마스터로 보입니다.

-인맥이 대단하긴 하군요.

로열 로드에서의 위드의 골수팬들은 모험에 대해서도 상당한 지식을 갖춘 전문가들이었다.

북부에서 시작하여 풀죽신교에 막 가입한 초보자들이라도 모험과 연관된 지식만큼은 깊디깊은 경우가 많다.

전형적으로, 머리와 달리 몸이 따라 주지 않는 케이스!

위드가 한 모험들이라면 수십 번씩 본 그들에게 있어서는 아무튼 조금 식상하고 실망이었다. 물론 팬으로서는 여전히 좋아하지만, 이번 모험에 대한 만족도는 지극히 낮았다.

-우리가 보고 싶었던 모습은 이런 게 아니란 말입니다.
-날짜가 남았습니다. 이제 고작 이틀째이니 좀 더 기다려 봅시다.
-사막 도시들, 중앙 대륙의 도시 파괴. 이게 다 모험의 영향일 텐데 왜 빨리 보여 주지 않는 것인지 원망스럽군요.
-풀죽, 풀죽, 풀죽!

닷새간의 방송 일정.
시청자들은 애를 태우면서 흥미진진하게 보고 있었다.
방송이 진행되고 있는 이틀째는 일요일이었다. 그날 저녁에 각 방송국들은 시청률이 가장 높은 저녁 8시를 맞춰서 동시에 다음 날 예고를 띄웠다.
사막을 배경으로 위드가 서윤과 함께 힘겹게 걸어가는 장면.
시청자들은 여기까지의 영상을 보고 내일도 고난이 가득 찬 사막 행군이 이어지겠구나 하고 생각했다.

-뭐, 중간에 죽진 않았겠죠. 방송이 닷새까지 이어지기로 했으

니까 말입니다.

-위드라면 잘 버텨 냈겠죠.

-아, 저래서 사막으로 갔구나.

-별별 곳을 다 다니네요. 저라면 진짜 퀘스트고 뭐고 다 포기했을 듯. 무슨 보상을 받으려고 이렇게 고생을 하나요.

-오늘은 8시라면 조금 일찍 끝나는 거 아님? 저녁 약속까지 포기하고 다 보려고 기다리고 있었는데.

-어라, 그러고 보니 일찍 끝나네요. 방송 편성표에는 저녁 12시까지로 되어 있는데요.

시청자들의 의견도 평범하게 흘러가고 있었다.
그리고 그때!
위드가 현재 진행하고 있는 연계 퀘스트의 장면들이 처음부터 흘러나오기 시작했다.

-위드, 그 위대한 모험의 시작. 알려지지 않은 이야기들.

위드가 로디움의 조각사 길드로 가서 퀘스트를 받는 장면.
별의 눈물이 은은하게 빛나는 장소에서 노인과 대화를 나눈다.
"어서 오시게. 별의 눈물이 반기는 것을 보니 빛의 조각술을 깨달은 분이 오셨군."

"찬란한 아름다움을 표현하는 방법에 대해서 알고 싶어서 왔습니다."
"로디움이 존재하고 나서 수백 년, 드디어 찬란한 아름다움에 대하여 말하는 사람이 나타났구려."

―뭐, 뭐지? 느닷없이 보통 분위기가 아닌데요.
―어라, 찬란한 아름다움을 표현하는 방법? 이건 무슨 스킬을 배우려는 것 같은데요.
―조각술? 위드가 익히지 못한 조각술도 있어요?
―비기만 하더라도 어마어마하게 갖고 있었잖아요. 재앙하고 부하 만드는 거, 그리고 여러 종족으로 변신하는 것도 있던데.

모험가들, 그리고 열성 팬들은 갑자기 잠에서 확 깨어난 것 같았다.
체감온도 영하 40도 정도에서 찬물을 뒤집어쓴 것 같은 기분!
어떤 방송국을 보더라도 똑같은 영상이 나오고 있었기에 그 파급효과는 더욱 엄청났다.

―방송국들이 다 연합해서 똑같은 장면을 틀어 주고 있어요. 갑자기 완전 짜릿한 느낌!
―위드니까 보통 모험은 아닐 겁니다. 그런데 대체 뭘까요.

―그냥 재밌다고 쭉 지켜보고 있었는데… 연계 퀘스트가 좀 길고 위험하다고만 생각을 했지요. 근데 이거 뭔가 있을 법한 분위기인데요!

―정말 장난 아님. 긴장돼서 계란 후라이도 못 뒤집고 있음.

위드와 노인의 대화가 이어졌다.

"찬란한 아름다움에 대해서 정말로 듣고 싶으시오?"

"물론입니다."

"찬란한 아름다움에 대해서 듣고 나면 그것에 빠져서 예전으로 되돌아가지 못할 것이라오. 그래도 좋겠소?"

"찬란한 아름다움에 대해 듣고 싶습니다."

"이것은 단지 오래전부터 내려오던 이야기일 뿐. 사람들의 입을 통해서 전해졌으니 설화라든가 조각술의 전설이라고 해도 좋을 테지. 실현 가능성에 대해서는 누구도 알지 못한다오. 믿는 사람도 거의 없는 이야기지."

―지금 이게 노들레와 힐데른, 그리고 사막까지도 이어졌다면 엄청난 난이도의 퀘스트가 분명합니다.

―확실치는 않지만 대서사시라고 볼 수도 있겠네요.

―지금 위드 님이 벌새로 변신해서 대륙을 날아다니는 장면이 나왔어요.

―뭘 어떻게 하려는지 모르겠네요.

―이렇게 두근거리기도 처음인 듯.

―아, 맞다! 저번에 위드가 대재앙을 일으키고 다녔잖아요. 그것도 이 퀘스트와 연관이 있을까요?

―도대체 이 퀘스트가 어떻게 이어지는 거예요? 상상이 안 가는데.

폭풍 속에서 빛의 검을 익히고, 자연의 조각품을 만들기까지 한다.

위드의 모험이 초반부부터 방송될수록 시청자들의 궁금증은 더욱 커져만 갔다.

노들레와 힐데른은 그냥 중간에 얻어서 적당한 보상을 받고 끝나는 모험이 아니었던가. 조각사 길드에서부터 이어진 것이라면 도대체 그 스케일이란!

어느 집에서도 채널을 돌리는 것은 상상도 하지 못할 분위기였다.

위드의 열성 팬들이 따로 대화하는 공간에는 반성의 글들이 계속 올라왔다.

―제 신앙심이 부족하였나이다. 풀죽!

―묻지도 따지지도 말라. 이것이 위드의 모험일지어다.

―오크 카리취의 그 포스가 다시 나타날 것인가. 혹은 그 이상일까!

―찬란한 아름다움의 표현법. 스킬 같은데요. 위드가 조각술을

얻는다, 이거 스킬의 비기?
—스킬의 비기들은 대부분 마스터에게 전수받거나 혹은 모험을 통해서 바로 습득하잖아요.
—스킬의 비기 얻기가 엄청 어렵고 힘들긴 하지만 이 정도로 긴 모험이 계속 이어지게 되나요? 이러면 아무도 얻을 수가 없을 듯.
—저는 보는 것만으로도 벌써 지쳐서 포기하고 싶을 정도네요. 인생을 송두리째 바쳐야 하는 정도 아님?
—방송국에서 아직 이야기는 해 주지 않았지만 위드의 일정을 살펴보면 이후에 간 곳이 로드릭의 미궁인데, 여기 한 곳만 해도 불가해의 던전입니다. 들어가면 반 죽는 장소죠.
—로드릭 미궁이 퀘스트 중간에 징검다리 역할로 끼었다면 이건 말이 안 돼요.
—워낙 노가다가 심한 분야가 조각술이니 그럴 수도 있으리라고 보지만, 아무래도 이상하긴 하네요.
—노인과의 대화도 이해가 안 돼요. 되돌릴 수 없다? 그리고 실현 가능성을 따지고, 조각술의 전설이라니요?

열성 팬 게시판, 모험가 게시판, 고레벨 유저들이 모이는 커뮤니티.
모두 위드의 모험이 구체적으로 무엇을 위한 것인지를 논의하고 있었다.
그러다가 결국, 로열 로드에 대한 지식이 많은 사람일수록 오히려 섣불리 꺼내기 힘든 단어가 나오고 말았다.

 ─이거 느낌이… 최후의 비기?
 ─조각술 최후의 비기요?
 ─말도 안 됨!
 ─누가 그런 걸 얻어요, 푸하하.
 ─들어 본 적은 있습니다. 근데 최후의 비기를 얻으려면 관련 직업의 다른 비기들을 먼저 다 모아야 되는데… 확률적으로 불가능.
 ─그냥 전설에나 존재할 수 있는 그런 스킬 아닌가요?
 ─과거의 역사가 바뀌고 미궁을 파해하고… 퀘스트 내용이나 난이도로 보니 가능성 있겠는데요.
 ─왜 말이 안 돼요? 위드잖아요!

 몇 곳에서 조각술 최후의 비기 이야기가 나오고 나서, 그에 대한 내용이 각 커뮤니티마다 급속하게 퍼져 나갔다.

 ─진짜 최후의 비기 퀘스트예요?
 ─완전 최고다.
 ─아… 현기증 나려고 그래요.
 ─역시 위드, 과연 위드, 배 아픈 위드!
 ─앞으로 어디서 위드의 모험담이 들리지 않으면 더 긴장해야 되겠군요. 이런 엄청난 모험을 진행하고 있었을 줄이야.

-아직 최후의 비기를 얻는 게 확실하지도 않습니다. 유언비어일 뿐인데, 너무 앞서 가시네요!

-위드가 최후의 비기 퀘스트를 한다면… 모험만으로도 대단한데 정말 성공을 해 버린다면 어찌 될까요?

-천상천하유아독존?

-에이, 설마요…….

-무슨 스킬인지도 모르는 판에 정말 너무 앞서들 가시는 듯.

-쉽진 않을 거예요. 실패할 게 뻔해요.

-위드가 한 모험 중에서 쉬운 건 뭐가 있는데요? 지금 어제오늘 방송한 것도 위드니까 납득하고 받아들이는 거지, 우리가 저런 모험을 해야 된다고 생각을 해 봐요. 누가 성공할 수 있겠어요?

-부러움. 그래도 성공하길 바람.

게시판은 최후의 비기에 대한 이야기로 후끈 달아올랐다.

위드를 찬양하는 사람, 최후의 비기에 대한 추측을 하는 사람, 불신하는 사람, 비관적으로 보는 사람까지 아주 다양했다.

그리고 저녁 9시가 되는 순간, 방송국들이 이 논란에 종지부를 찍을 발표를 했다.

"위드의 모험에 대하여 많은 추측들이 난무하고 있는데요, 오주완 씨, 어떤 퀘스트인지 알려 주실 수 있을까요?"

"예. 시청자 게시판을 통해서 퀘스트 내용을 보다 상세히 알려 달라는 요구들이 빗발치고 있는데요. 잠시만요, 저도 방금 방송국에서 쪽지를 받았습니다."

신혜민과 오주완이 진행하는 베르사 대륙 이야기. 가장 많은 시청자들이 보고 있는 방송이었다.

쪽지를 펼쳐 보던 오주완의 얼굴이 순식간에 딱딱하게 굳었다.

위드의 모험은 '조각술 최후의 비기'를 얻기 위한 장대한 연계 퀘스트임. 차후 방송될 내용은, 아직 진행 중이지만 전쟁의 시대에서 엠비뉴 교단의 군대와의 전면전쟁, 총본영 파괴로 이어지게 될 듯. 그리고 혼돈의 드래곤도 사냥하게 될 가능성이 매우 높음.

수많은 시청자들이 자기 표정만 보고 있을 걸 알면서도 오주완의 창백한 얼굴은 좀처럼 회복되지 않았다.

해설자인 그도 위드의 모험이 조각술 최후의 비기라는 사실을 미리 알진 못했다.

게다가 엠비뉴 교단과의 전면전에, 진짜 드래곤이 나타나게 되는 퀘스트가 이어지게 될 줄이야.

로열 로드의 해설자로서 어디 꿈엔들 상상했을 내용이던가.

"어떤 내용이에요? 시청자 여러분도 그렇고 저도 궁금한

데, 빨리 읽어 주셔야 될 것 같아요."

오주완은 신혜민을 보며 가볍게 한숨을 쉬었다.

그녀는 위드와 친분이 있었으니 미리 알고 있었으리라. 가끔씩 여자들의 연기력에 대해서는 정말 놀랄 수밖에 없었다.

"음… 그러니까 시청자분들이 매우 궁금해하시는 내용이 이 쪽지에 담겨 있었습니다. 결론부터 말씀드릴까요? 아니면 길게……."

"지금 오주완 씨의 안티 팬들이 100만 명씩 생기고 있을 것 같은데요?"

"빨리 발표를 해야겠군요. 현재 아르펜 왕국의 국왕이며 모험가인 위드가 진행하고 있는 퀘스트는 조각술 최후의 비기가 맞습니다. 그리고 엠비뉴 교단과 제대로 붙을 예정이며, 혼돈의 드래곤도 사냥할 거라네요."

신혜민이 어느새 오주완도 방송인이 다 되었다면서 가볍게 웃었다.

"어머, 농담이시죠? 이렇게 중요한 순간에 그런 농담을 하시다니, 시청자분들이 정말 오주완 씨에 대해 악플을 달지도 모르겠는데요."

"혹시 신혜민 씨도 모르셨나요?"

"네, 저도 자세히는 몰랐어요. 앗, 정말이에요?"

"완벽한 사실입니다."

신혜민도 숨을 크게 들이마셔야 할 정도로 놀랐다.

위드의 모험이 조각술 최후의 비기라는 사실은 미리부터 알고 있었지만, 엠비뉴 교단과 제대로 한판 붙을 것이며 혼돈의 드래곤까지 나온다니!

현재 대륙에서도 엠비뉴 교단의 성세는 대단하다.

그들은 매일 빠르게 주민들 사이에서 세력을 확대해 가고 있었다.

유저들의 활동 영역은 줄어들고 있었으며, 대낮에도 광신도들과 엠비뉴에 의해 변형된 괴물들이 활보하는 것을 볼 수 있을 정도였다.

비록 전쟁의 시대라고는 하지만, 그 엠비뉴 교단을 격파하고 혼돈의 드래곤을 사냥한다니!

'끝…내주네.'

그녀가 잘못 알고 있었지만, 전쟁의 시대이니만큼 엠비뉴 교단의 세력도 더 대단하고 막강했다.

신혜민의 충격 못지않게 시청자들도 경악과 환희를 참지 못했다.

위드의 모험을 보면서 마음껏 열광할 수 있게 되었으니까.

-위드가 과거로 돌아가서 도시를 파괴하면서 나쁜 짓을 저지르는 줄로만 알았는데 그게 아니었군요.

-엠비뉴 교단과 싸우려니까 반드시 필요했던 거겠죠. 그거 때문인지 조금이나마 엠비뉴 교단의 영향력이 줄어들기도 했어요.

-엠비뉴 교단이 위드에게 지면 어떻게 돼요? 그러면 도시들이 사라지는 것처럼 그냥 없어지나요? 점령 지역들도 정상으로 돌아오고요?

-그 부분에 대해서는 KMC미디어에서 따로 설명을 하고 있네요. 원래 역사에서 엠비뉴 교단은 전쟁의 시대에 알려지지 않은 전성기를 누렸지만 노들레의 모험으로 큰 피해를 입었답니다. 위드가 그 시대로 돌아가서 노들레의 모험을 진행하고 있기 때문에 결과에 따라서 엠비뉴 교단은 더 위축될 수도 있고 오히려 더 폭발적으로 큰 위세를 떨칠 수도 있다고 합니다. 자세한 건 내일 방송을 봐야 알 수 있을 것 같아요.

-회사원인데 월요일 월차 내야겠습니다.

-저는 여름휴가 당겨서 쓰려고요. 앞으로 사흘간은 텔레비전 앞을 떠나지 않을 거예요.

-아… 계속 위드의 모험을 밤새고 보고 싶은 마음도 있고, 이게 계속 이어져서 끝나지 않았으면 하는 바람도 있고.

-텔레비전을 보고 있으니 로열 로드가 미치도록 하고 싶은 거 있죠.

그리고 아쉬움의 게시물들!

-난 맨날 가축이나 키우고 있는데. 이런 살 떨리는 모험은 대체 언제쯤 하게 될까.

-저는 설거지하고 있는데요. 하루 일당 1실버임.

 -말똥 치우고 있음.

 -토끼한테 세 번을 맞아 죽었음. 토끼한테 이렇게 많이 맞아 죽은 사람은 이 도시에서 제가 처음이라고 합니다.

 -비밀인데요, 톳쿵 님은 일곱 번 죽었어요. 그래도 모험 잘하고 사니까 희망을 가지세요.

 -풀죽신교 독버섯죽의 톳쿵 님요? 그분 어제는 언덕에서 풀 뽑다가 염소한테 죽으셨어요!

최고의 제물

하벤 제국의 정복 지역에서는 매일 피바람이 불었다.

"엠비뉴! 엠비뉴를 따르라. 이 세계는 완전히 타락했다. 무너지고 파괴해서 사라져야만 우리가 구원받을 수 있으리라."

거리마다 엠비뉴 교단의 신봉자들이 나타나서 사람들에게 적극적인 포교 활동을 했다.

제국의 치안이 좋지 않고 불만도가 높은 만큼 주민들 중에도 금세 빠지는 자들이 나타났다.

"엠비뉴 신이여, 저를 받아 주소서."

"어서 오시게. 그대가 우리의 동료가 된 것을 환영하는 바… 커어억!"

하벤 제국의 암살자들이 돌아다니면서 엠비뉴의 신봉자들

을 처치!

그러나 제국의 영역을 배회하는 엠비뉴의 종교재판관들과 암흑 기사들은 여전히 셀 수 없을 정도로 많았다. 과거에는 다른 왕국들을 피폐하게 했던 엠비뉴가 이제는 하벤 제국으로 몰려오고 있었다.

"물감은 가져왔지?"

"응. 이쪽 벽을 완전히 다 칠해 버리자."

"아침까지밖에 시간이 없어. 그러니까 실수하지 않도록 조심해."

"당연하지."

몬테리움 성에서는 화가들이 그들만의 저항운동을 했다. 하벤 제국의 전쟁이나 통치에 대한 비난을 그림으로 표현하는 것이다.

경비병에게 들키지 않고 그림을 완성해 내면 스킬 숙련도도 많이 오르고, 특히 명성과 영향력이 높아진다.

다만 하벤 제국에서는 악명도 올라서, 황실에서 개최하는 그림 대회에 참가하거나 중요한 직위에 오를 수는 없게 된다.

"저쪽이다!"

"에잇, 벌써 들켰다."

"빨리 가자. 물감 챙길 시간 없어."

"저게 내 전 재산인데……."

초보 화가들은 필사적으로 도망을 쳤다.

하벤 제국의 치안대가 그들의 뒤를 쫓으면서 소동이 크게 일어났지만, 유저들과 주민들은 외면하였다.

자주 일어나는 일이기도 했거니와 괜히 끼어들어서 헤르메스 길드의 보복을 받고 싶지는 않았기 때문이다. 중앙 대륙 완전 정복을 눈앞에 둔 헤르메스 길드에 밉보여서는 편하게 살아가기 힘들었다.

"아, 막다른 길이야."

화가들은 복잡한 골목길을 통해 도망치려고 했지만 막혀 있는 곳에 갇히는 신세가 되고 말았다.

"후후, 오늘도 제법 피 맛을 보겠군."

헤르메스 길드의 유저 로베르토는 학살자라는 직업을 가졌다.

사실 이미지가 좋은 직업이라고 할 수는 없지만, 장점이 있었다. 자신보다 레벨이 낮은 적을 상대로 싸울 때 힘이 굉장히 강해지며 전투력이 오른다.

레벨이 훨씬 높은 적에게는 반대로 제대로 맥을 못 추지만, 터무니없이 약한 이들을 죽여도 경험치를 제법 많이 얻었다.

하벤 제국에 빌붙어서 유저들을 박해하기에는 정말 좋은 직업!

"하벤 제국의 개!"

"하필 로베르토 저놈한테 걸리다니 재수도 없네."

"잘됐군. 여성 초보들을 죽일 때가 가장 재미… 컥!"

로베르토가 갑자기 쓰러지더니 회색빛으로 변했다.

"어?"

"적인가?"

치안대 병사들은 고개를 두리번거리고만 있었다. 그들은 아무것도 보지 못했던 것이다.

화가들 역시 눈 깜짝할 사이에 시커먼 것이 스쳐 지나간다 싶었는데 로베르토가 쓰러져서 사망하자 깜짝 놀랐다.

그리고, 달이 구름에 가리면서 골목길 안이 조금 어두워졌다.

"욱!"

"악!"

"퍽!"

연달아 비명이 들려오고 나서 사위가 조용해졌다.

두려움에 떨던 화가들이 비틀비틀 일어났을 때에는 거리에 시커먼 로브를 착용한 사람 1명만이 서 있었다.

훤칠하니 큰 키에 조각 같은 외모. 단검이라기보다는 뾰족하고 날카로운 제사 도구 같은 것을 들고 있었다.

"괜찮으십니까?"

목소리까지도 맑고 나직하니 좋았다.

"네, 저희는 다친 곳은 없어요. 혹시 저희를 구해 주신 건가요?"

"그저 지나가다가 눈에 띄길래 조금 거들었습니다."

"와, 고맙습니다. 그래도 조심하셔야 돼요. 헤르메스 길드가 알면 큰일인데요!"

"걱정해 주셔서 고맙습니다만 저는 헤르메스 길드를 두려워하지 않습니다. 그리고 이 부근 하벤 제국의 치안대는 제가 모두 해치웠으니 원하시는 대로 그림을 그리셔도 될 겁니다. 그럼 이만, 좋은 밤 되시길."

어쩌면 이렇게도 뭇 여심을 울리는 행동만 하는지 모를 일이었다.

사내가 서서히 돌아서려고 하는데 화가 하나가 간절하게 말했다.

"실례가 아니라면 친구 등록을 할 수 있을까요?"

"그건……."

"저희가 레벨이 낮아서 싫으신가요?"

"그렇지 않습니다. 단지… 조금 복잡한 사정이 있을 뿐입니다. 제 이름은 양……."

"예?"

"휴우, 아무것도 아닙니다. 언젠가 인연이 닿으면 다시 뵙게 되겠죠."

사내는 서둘러 어둠 속으로 걸어갔다.

어찌나 빨리 이동을 하는지, 화가들이 바로 따라갔는데도 이미 사라져 버린 후였다.

"완전 멋있다. 바람처럼 떠나 버리는 것도 정의의 사도 같아."

사내는 몬테리움 성에서 하벤 제국의 기사들과 엠비뉴 교단의 종교재판관 등을 닥치는 대로 족족 처리했다.

> -이단 재판관 브룩쉴더가 사망했습니다.
> 엠비뉴의 강제 포교 활동에 지장이 생깁니다.
> 임시로 치안이 3 회복됩니다.

> -하벤 제국의 기사 롱라더가 영문을 알 수 없이 죽었습니다.
> 갑작스러운 죽음에 대한 의문은 남지만 이유를 밝혀낼 수는 없을 것입니다.

몬테리움 성 유저들의 메시지 창이 계속 울렸다.

"습격이다!"

하벤 제국에서도 뒤늦게 비상령이 내려져서 기사들이 대비를 했지만 소용이 없었다.

성 내부에 있는 기사들과 귀족들조차도 귀신처럼 암살당한다. 거리를 돌아다니던 헤르메스 길드의 유저들도 어디선가 날아온 화살, 단검, 독침 그리고 땅에서 솟아나는 함정들에 의하여 사망!

암살자란 직업은 뚜렷한 흔적을 남기거나 다른 이에게 발각되지 않는 한, 최소한의 페널티로 살인을 할 수 있었다. 더구나 악명이 높은 유저들을 처리하고 나면 얻게 되는 전리품이나 명성, 경험치도 몬스터와는 비교가 안 되었다.
 하벤 제국의 암살단도 대거 활동하고 있었지만, 사내에게는 그저 어린아이들 정도로밖에는 보이지 않아서 그들도 손쉽게 제거했다.
 "암살자의 칼날을 정의롭게 쓸 수도 있군. 헤르메스 길드는 나쁜 짓을 많이 했으니 양심의 가책도 없어서 좋아."
 사내는 하벤 제국의 여러 도시들을 돌아다니면서 헤르메스 길드 유저들에게 죽음을 내렸다.
 거리에서 주민들이 말하기 시작했다.
 "죽음의 선포에 대해서 아는가? 밤이 오면 피할 수 없는 죽음이 몰려온다는군. 악인들이 밤을 무서워하게 되었다네."
 "검은 바람이 스치고 지나가면 시체가 생겨. 어두운 곳, 그늘진 곳에 가기가 무서워졌지."
 "깔끔한 솜씨를 보니 몬토냐의 그 암살자가 떠오르는군."
 "아, 그 죽음을 몰고 오는 그림자 양념게장 말인가?"
 하벤 제국 내에서 활약을 하는 건 양념게장만이 아니었다.
 스타이너는 이제 수많은 도둑들을 거느린 산적 연맹의 대표가 되었다.
 "두목, 제국 놈들이 몰려옵니다."
 "그래? 이번 근거지는 버린다. 하지만 놈들에게 괴롭힘은 줘야 되겠지. 투석 공격을 실시하고 산에 불을 질러라!"
 "옛!"

주인 없이 비어 있는 하벤 제국의 산맥들을 장악해 가면서 영토를 넓혀 나갔다.

산맥 장악도 그리 쉬운 일은 아니었다.

몬스터들이 성채를 지어 놓고 있으면 산적 떼를 데리고 빼앗아야 한다. 그리고 성벽을 더 두껍게 쌓아서 산적들을 성장시키기 위한 시설도 지어야 했다.

산적들은 병사나 기사 들과는 다르게 최고 수준으로의 성장이 느리고, 훈련도도 잘 늘어나지 않았다. 조금만 살기 어려워져도 이탈하는 자들이 속출했으니 나름 관리가 쉽진 않았다.

제국군이 토벌을 하려고 오면 도망을 다니는 신세였지만, 새로운 터전으로 이전하면 한동안 산적질을 하기에는 더 좋았다.

상인들도 털고, 제국의 수도로 향하는 세금 마차들을 습격하면 엄청난 재물을 얻어 냈다.

"인생 두 번 사는 거 아니지. 한 번 사는 만큼 나 하고 싶은 대로 살아야 돼. 우하하하!"

헤르메스 길드의 척살령에서도 최상위권에 속했지만 스타이너는 통쾌하게 웃으면서 산적질을 했다.

"역시 사과는 아삭한 것이 제맛이지. 어, 내가 먹고 있던 과일이 왜 없어졌지?"

"무슨 소리를 하는 건가?"

"분명히 손에 들고 있었는데 없어졌어!"

보물을 찾아서 세상을 돌아다니는 도둑 잭슨도 하벤 제국으로 왔다.

'내가 온 이유는 여기서 꼭 훔쳐야 될 게 있어서지. 가장 진귀한 보물은 나의 것이 될 것이다.'

명문 길드들이 몰락하면서 중앙 대륙에는 상당한 전력의 공백 지역이 나타났다.

하벤 제국의 승승장구 이후로 이렇게 개인적으로 두각을 드러내는 유저들이 많았다.

위드의 군대에 속해 있는 병사들은 틈만 나면 못된 짓을 저질렀다.

-사막의 붉은 칼 부대의 병사들이 잔인무도한 살인을 저질렀습니다. 엠비뉴의 광신도 일부가 범죄행위에 가담하였을 것으로 추측됩니다.
군대의 총지휘관으로서 악명을 45 얻습니다.

-병사들끼리 난투극이 벌어졌습니다.
식사를 하는 도중에 아무 의미도 없이 시작되었던 말다툼이 칼부림으로 이어졌습니다.
현재 난투극에 참여한 병사들은 420명으로 늘었고, 빨리 수습하지 않는다면 규모는 더욱 커질 것입니다.
병사들의 사기와 기강이 감소합니다.

> －피레의 시민들이 병사들의 도둑질에 항의 시위를 하고 있습니다. 병사들의 범죄행위를 중단시키지 않는다면 폭동으로 번지게 될 것입니다. 도시 치안이 13 감소합니다.

 군대의 규모가 커질수록 사고들이 끊이지 않고 터져 나왔다.
 "어떻게 할까요?"
 "에휴, 이것들은 강제로 끌고 왔더니 자꾸 사고만 치네. 광신도들, 이놈들이 특히 문제야."
 "적당히 다독일까요?"
 "아니, 그냥 다 죽여! 그래도 아까우니까 따로 분류해 놓고 다음 전투에 선봉으로 세우면 되겠지."
 어지간한 일은 병사들을 죽이는 것으로 해결!
 매사에 이런 식이었지만, 전투가 거듭되면서 병사들은 계속 모집된다.
 어마어마한 대군이 모였음에도 불구하고 숙련병들에게 충성심을 심어 주면서 장기적으로 써먹지는 못했다. 군대의 사기와 기강도 엉망이고, 정복한 땅의 관리마저도 체계적으로 이루어지지 않았다.
 강제로 징병한 병사들은 약탈을 했으며, 위드에게 투항한 간사한 귀족들은 주민들이 먹을 것까지도 탈탈 털어 냈다.
 이런 방식으로는 위드가 대제국을 세우고 나면 불과 1년

도 버텨 내지 못할 것이다.

그러나 위드 입장에서는 중앙 대륙에서 한참 분탕질을 치고 엠비뉴 교단과 싸울 때까지만 군대를 유지하면 된다. 게다가 중앙 대륙에 피해를 입히는 건 원하던 바였으니, 병사들이 어떤 나쁜 짓을 하더라도 속으로는 기분이 좋았다.

"토리도야."

"네, 주인님."

토리도는 극도로 공손해졌다.

간교하고 얍삽한 성품에서 기인한 정확한 판단으로, 지금의 위드의 무력에 압도당하여 꼬리를 내린 상태였다.

적당히 얕잡아 보던 반 호크조차도 감당할 수 없는 강자가 되었으니 밤의 귀족으로서의 체면은 말이 아니었지만.

"너도 놀지 말고 부하들을 이끌어라."

"제 뱀파이어 권속들은 이 시대로 오지 못했습니다만."

"날카로운 이빨은 뒀서 어디에 쓸래? 밤에 돌아다니다가 병사들 중에서 고향 이야기 꺼내는 녀석들 있으면 피 빨고 부하로 만들어."

"알겠습니다. 감사합니다."

고향을 떠올리며 감상에 푹 빠지는 병사들은 무조건 복종해야 하는 뱀파이어로 처리하기로 했다.

"그리고 도시에 여자들 보이지?"

"예. 젊고 예쁜 처자들이 많은데요."

토리도는 슬며시 눈치를 보았다.

아르펜 왕국에서는 한창때의 아가씨들을 흡혈하는 건 절대 금기였다.

하기야 맨날 퀘스트와 사냥터에만 끌려다니다 보니 흡혈을 하여 부하들을 늘릴 시간도 모자랐다. 오죽하면 그가 그렇게도 공을 들였던 꽃집 소녀 프리나를 만날 기회도 없었겠는가.

"여자들도 잡아서 뱀파이어로 만들어."

"나쁜 짓이지 않습니까?"

"들키지만 않으면 돼."

여기가 아르펜 왕국이 아닌 이상 어떤 짓이라도 저지를 수 있다.

어차피 부하로 써먹기에는 엠비뉴의 광신도나 뱀파이어 퀸이나 거기서 거기였다. 기왕이면 사막 전사들을 희생시키기보다는 광신도나 주민들을 바치는 편이 나으리라.

"이 시대를 제패하지 못한다면 어차피 우리 군대는 몰살하고 말겠지."

위드의 침략군은 점점 거센 저항에 직면하고 있었다.

마폰 왕국을 지나 베이너 왕국의 국경을 넘어오고 나니 수비군이 겹겹이 진을 치고 기다렸다. 멀리서 산마다 연기를 피워서 다른 왕국의 군대들도 불러 모았다.

"조금 전의 전투에는 베이너 왕국과 마폰 왕국의 병력이

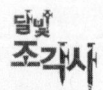

동시에 보였어."

위드의 군대는 대규모이고 강하지만, 여러 왕국들의 연합 공격에 물어뜯겨서 무너질 위험도 높았다.

이 시대의 왕국들은 군사적으로만 놓고 볼 때에는 보통 강대국이 아니었다. 미래의 시간대에 있었다면 유저들이 성과 도시, 왕국 등을 무력으로 장악하기까지 훨씬 오래 걸리게 되었을 정도로 군사력이 막강했다.

"전쟁의 시대의 왕국들은 서로 원한이 깊어서 뭉치지 못하리라고 봤는데, 내가 너무 심하게 침략을 한 건가?"

직간접적으로 도시들만 50개도 넘게 부숴 버리고 나서야 드는 짤막한 후회!

"싸움을 시작한 이상 어쩔 수 없지. 그리고 마폰 왕국과 베이너 왕국을 초토화시킨다는 목표는 어떻게 해서든 달성한다. 헤스티거!"

"옛!"

"너에게 기병 3만을 준다. 오푸스 성을 공격하고 그 부근 일대를 점령하라. 적들과의 전투는 최대한 피하면서 도시들을 파괴하도록."

"명령을 따릅니다!"

헤스티거가 기병 3만을 데리고 동쪽으로 떠났다.

전략에 따라 버리는 병력!

베이너 왕국에서는 헤스티거의 병력을 내버려 둘 수가 없기 때문에 그보다 몇 배나 되는 군대로 뒤를 쫓아갈 수밖에 없다.

 전쟁의 시대에서는 오랜 혼란기를 겪으며 전략자원인 말이 귀하고 비싸졌다. 오랫동안 유지하려면 막대한 비용이 들어가게 될 테지만, 끊임없는 약탈로 채워 넣었다.

 헤스티거가 데리고 간 3만의 기병은 베이너 왕국을 교란하면서 크게 약화시킬 수 있으리라.

 "이젠 드디어 저놈을 다시 볼 일이 없겠지. 속이 다 후련하군. 제베커."

 "옛!"

 "너에게도 비슷한 명령을 내린다. 4만의 병력을 줄 테니 남쪽으로 가라. 우리가 진군해 온 곳으로 다시 돌아가며 들르지 못했던 주변 도시들을 철저히 부숴라."

 "제왕의 말씀을 따릅니다."

 4만의 병력이 먼지구름을 일으키며 떠났다.

 7만이 빠졌음에도 불구하고 위드의 군대는 여전히 25만의 대군을 자랑했다.

 사막 군단은 이 시대의 왕국들을 상대로 무적에 가까웠다.

 공성전이 벌어지면, 제아무리 철벽의 요새라도 위드가 직접 접근해서 단숨에 성문을 격파하거나 성벽을 통째로 무너뜨려 버렸다.

 "내가 노아의 군대를 이끄는 기사 레반후트다!"

"아, 그래?"

싹둑!

위드가 직속 부하들을 이끌고 돌진해 왕국을 책임지는 기사들만 쏙쏙 골라서 먼저 처리해 버렸으니 지휘 계통이 무너져 버린 적을 쓸어버리는 데에는 대군도 필요하지 않다.

군신 아트록의 함성만 터트려도 압도적인 군대의 사기로 승부를 볼 수가 있었다.

정복 전쟁이 지금까지 워낙에 순조롭게 진행이 되다 보니 징병과 항복으로 병력은 계속 늘어나기만 했다. 일부 병력이 빠져나감으로써 이제 남은 군대는 오히려 정예에 가까워졌다.

10만의 언데드 군단 그리고 사막 전사 2만여 명, 7만 명은 패잔병들로 구성되어서 전투 경험도 다양한 이들이었다. 전투 노예들도 6만가량이 남아서, 구성 면에서는 최적의 비율.

"병력을 더 나눠 진군을 빨리 해서라도 마폰 왕국과 베이너 왕국을 초토화시켜 버려야지. 아주 남김없이, 깨끗하게!"

위드는 베이너 왕국의 수도로 향하며 포로로 붙잡은 수비군으로부터 정보를 들었다.

"피와 생살을 뜯어 먹으며 산다는 사악한 괴물이 너로구나. 너를 토벌하기 위하여 우리 국왕 폐하께서 형제국 마폰 왕국에 도움을 청하셨다. 이제 넌 죽은 목숨이다. 퉤!"

위드와 사막 전사들의 무자비한 악명이 퍼지면서 왕국들도 극도로 경계하게 되었다.

베이너 왕국, 마폰 왕국은 휘하의 동맹국들까지 독촉하여 60만의 병력이란 엄청난 숫자를 만들어 냈다.

위드는 소식을 듣고 나서 더욱 만족스러워했다.

"시시했는데 재미있겠군."

엄청난 속도의 정복 전쟁으로 넓은 땅을 차지했다. 하지만 그 과정에서 진짜 등줄기에 식은땀이 흐를 정도의 긴장감은 전혀 느껴 보지를 못했다.

어린아이 손목만 연달아 비틀면서 여기까지 온 상황!

위드가 적극적으로 전투에 참여하지 않더라도 사막의 붉은 칼 군대에 있는 전사들이 압도적인 강함을 자랑했다.

애초부터 사막에서 전사로서의 재능이 가장 뛰어난 자들이 모인 판에, 위드는 그들을 험한 길로만 골라서 이끌었다.

부하들은 스스로 싸워서 살아남으면서 알아서 강해졌다고 보는 것이 옳았다.

직속 사막 전사들의 평균 레벨은 500대에서 600대 후반 정도였다. 제대로 실력을 활짝 꽃피운 이들은 검술의 마스터에 거의 근접했고, 700대 레벨의 강자들도 46명이나 된다.

조각 생명체 부하들에 견주어도 그리 꿀리지 않는 실력이었다.

중앙 대륙에서 상대해 본 기사단도 이들이라면 장난감처럼 다룰 수 있었다. 높은 성벽이나 함정으로도 막을 수 없는 전력인 것이다.

단지 전투에서는 변수가 많았는데, 아무리 뛰어난 전사들이라고 하더라도 지치고 저주에 당해 취약해지면 실력을 제대로 발휘하지 못하게 된다. 그리고 보스급 몬스터들이 사냥당하던 때처럼 집단 마법 공격에 의해서 하나 둘 죽어 나갈 수도 있다.

또한 과거에 영웅의 탑에서 상대해 봤던 것처럼 드레이크 부대 같은 특별한 병력도 얼마든지 있다.

마폰 왕국과 베이너 왕국도 바보들은 아니라서 어설프게 모여서 싸우려고 하지 않고 아예 압도적인 병력으로 토벌을 하기 위해 오고 있는 것이었다.

"적어도 우리보다 2배 이상의 병력, 그리고 마폰 왕국과 베이너 왕국 최고의 기사단이나 마법사들이 몽땅 모였다면 약간은 싸워 볼 만하겠지. 놈들이 우릴 공격할 준비를 갖출 때까지… 엿새 정도는 걸릴 것 같군."

위드는 스스로 일구어 낸 대규모의 군대를 바탕으로 전쟁 준비에 착수했다.

대군을 지휘하는 그 맛은 얼마나 짜릿하고 재미있는 경험이 되겠는가!

또한 그 전투는 엠비뉴 교단의 군대와 싸우기 전에 상당한 연습도 될 것이다.

지금까지의 정복 전쟁은 서장에 불과하였으며, 이제부터 베르사 대륙의 운명을 건 전투가 거듭되게 되리라.

"고생은 사서도 한다지만… 그래도 설마 조각술 최후의 비기를 끝내고 나서도 계속 이렇게 살아야 하는 건 아니겠지."

위드는 이번 퀘스트를 마치고 나면 성공을 하든 실패를 하든 당분간 푹 쉬고 싶었다.

"다 잊어버리고 지난번처럼 어디 남해안 같은 곳에 가서 쉬다 오는 거야. 한 일주일 정도……."

지친 몸과 마음을 회복시켜 주는 꿀맛 같은 휴가를 원했다.

"음, 근데 남해안이 바가지요금은 심하지 않더라도 비쌌는데. 멀어서 교통비도 많이 나오고."

휴가에 대한 현실적인 고뇌가 이어졌다.

"그냥 로열 로드 내에서 휴가를 보낼까. 요즘에는 그러는 사람도 많다고 하니 그것도 꽤 괜찮겠군. 바닷가에서 낚시를 해서 꽁치나 구워 먹어야지. 그러고 보니 일주일은 좀 너무 긴 것 같기도 하고… 다른 경쟁자들에 비해서 레벨이나 스탯이 뒤처진 걸 복구하려면 한… 사흘 정도?"

위드는 고개를 저었다.

사막의 대제왕, 그리고 중앙 대륙을 휘젓고 다닐 정도의 군대를 거느리고 있으며 자기 자신의 무력도 엄청나다.

그러나 원래의 몸과 시간대로 돌아가게 되면 레벨도 400대에, 헤르메스 길드에 쫓겨 다니는 신세였다. 바드레이를 만나면 또 당할 수도 있지 않겠는가.

"사흘도 길어. 으음, 일요일 하루 정도는 푹 쉬어 줘야… 아냐. 밀린 집안일을 하고 나서 저녁에 모라타에서 아무 생각 없이 따뜻한 햇볕이나 받으면서 시간을 보내야지."

그리고 3분 후 결심했다.

"열심히 사냥하고, 보상 좋은 퀘스트로 뭐가 있나 알아봐야지. 전쟁의 시대에서 오랜 시간을 보냈으니 앞으론 더 열심히 살아야 돼!"

바드레이는 검을 거두고 주변을 돌아보았다.

그의 친위대가 로암 길드 잔여 병력의 뒤처리를 하고 있었다.

"사, 살려 줘! 헤르메스 길드의 지배를 받아들이겠다."

"늦었어. 그런 말은 전투 전에 했어야지!"

"커억!"

그들은 별의 도시 에르게를 정복하고 로암 길드의 성을 파괴하고 있었다.

끝까지 항전을 하던 로암 길드는 결국 무참히 몰살을 당하게 되었다.

애당초 헤르메스 길드의 무리한 요구는 그들로서는 도저히 받아들일 수가 없는 것이었다.

―로암 길드가 정복하고 있는 땅과 인간, 상권에 대한 조건 없는 권리 양도.

―로암 길드의 해체.

―로암 길드 소속원은 고향을 떠나서 다른 지역에 정착하여 살아야 함.

하벤 제국의 23만 대군이 별의 도시 에르게를 포위하고 생존을 대가로 제시해 온 조건이었다.

"이런 굴욕을 당하면서 머리를 숙이느니 차라리 죽는 편이 낫겠다."

로암을 비롯한 이들은 전부 싸움을 택하였고, 이는 헤르메스 길드의 수뇌부에서도 바라던 바였다.

바드레이는 친위대와 압도적인 군대를 동원하여 에르게의 수비군을 몰살시키고 외부 성벽부터 차례대로 부숴 나갔다.

로암 길드의 유저들은 죽음을 알면서도 대항하였지만 바드레이의 힘 앞에서는 결과가 바뀌지 않았다.

자타 공인 무신이라고 불리던 바드레이의 무력은 전쟁을 경험하면서 더욱 강해졌다.

하벤 제국이 중앙 대륙을 정복해 가면서 그는 숱한 대규모 전투를 승리로 이끌었다. 쉽게 얻기 힘든 전투 경험은 레벨과 스탯을 높여 주었고, 엘프의 숲에서 특별한 능력이 깃든 땅을 장악하면서 신비로운 힘도 얻었다.

통솔력과 카리스마가 월등해진 것은 물론이고, 병사들과 기사들이 알아서 머리를 숙일 정도로 위엄도 높아졌다.

"지금까지 먼 길을 걸어왔다. 앞으로 목적지에 도달하기까지는 조금의 여정이 남아 있을 뿐이로군."

바드레이는 적들의 대표인 로암을 처리하고 나서는 더는 싸울 의욕을 느끼지 못했다. 친위대와 전투단들이 알아서 뒤처리를 하리라.

경쟁 세력이었던 로암 길드마저 부수고 나니 지금까지의 길고 길었던 과정들이 한꺼번에 압축되어 떠올랐다.

마법의 대륙을 떠나서 철저한 준비 끝에 로열 로드를 시작하고 곧바로 헤르메스 길드를 창설했다.

로열 로드의 초창기에는 그야말로 아무 정보도 알려져 있지 않았기 때문에 유저들도 뭘 어떻게 해야 하는지를 모르는 경우가 태반이었다. 밤에 멋모르고 성 밖으로 나갔다가 길을 잃어버리고 헤매다가 죽고 나서 며칠 만에야 간신히 되돌아오는 경우도 너무나 흔했다.

성문 근처에서 나갈지 말지를 고민하는 유저들의 모습이 일상적이었다.

상인이라는 직업을 가져도, 장거리 교역은 꿈도 못 꾸고 안전한 도시 내에서만 장사를 했다.

도시는 북적였고, 초보 유저들은 미지의 세계에 대한 호기심으로 가득했다.

바드레이와 헤르메스 길드는 초창기부터 남다른 단결력과 정보력으로 다른 경쟁 세력들보다 앞서서 치고 나갔다.

하벤 왕국의 수도 아렌 성에서 차근차근 길드의 영향력을 쌓아 나갔으며, 바드레이는 모든 종족에서 최강자의 자리를 놓치지 않았다.

숱한 군소 길드와 세력, 성주들이 난립하던 시대.

하벤 왕국을 재빨리 장악하고, 그 여세를 몰아서 미처 준비가 되지 않은 칼라모르 왕국을 점령했다.

패권 동맹을 결성하며 외부 세력들과 줄다리기도 해 나가면서 지금의 단계에 이르렀다.

중앙 대륙, 나아가 베르사 대륙 전체가 그의 지배 아래에 놓일 날이 머지않았다. 일찍부터 꿈꾸고 준비해 온 영광의 시기가 곧 도래하는 것이다.

"대륙을 지배하는 황제라······."

바드레이는 전쟁을 끝내고 나면 세율도 적당한 수준으로 낮춰서 조절하고 유저들을 위한 정책도 많이 세우리라 결심했다. 제국의 기틀을 확고히 다지고 나서 통치로 접어드는 것이다.

바드레이를 가로막는 장애물들은 보이지 않았고, 현재까지 원활하게 진행되어 온 것처럼 앞으로의 계획도 순탄하게 이루어지리라 믿었다.

"위대한 정복자로의 도전이 나 바드레이의 손으로 성취되

는 것이다."

그런데 정작 로암 길드를 박살 내는 결정적인 사건이 벌어지고 있는데도 방송국들의 취재 경쟁이 벌어지지 않았다.

생방송으로 중계를 하는 방송국도 두 곳밖에 없고, 다른 방송국들에서는 저녁 뉴스로 편집이 되어 나온다고 했다.

이 사실은 바드레이의 자존심을 심하게 긁었다.

방송국들에서는 위드의 모험이 훨씬 비중 있게 다루어지고 있었던 탓이다.

헤르메스 길드와 로암 길드의 싸움은 승부가 이미 결정 난 것이나 다름이 없기에 방송국들의 흥미가 높지 않았다. 시청률로 따지더라도, 지긋지긋하게 이어졌던 전투보다는 위드의 모험 쪽이 훨씬 압도적이다.

제니스 미디어라는 유럽의 신생 방송국이 독점 중계를 욕심내지 않은 것은 아니었지만, 헤르메스 길드가 부르는 천문학적인 중계료에 손을 털고 나가 버렸다.

"위드라는, 예정에 없었던 과정이 마지막에 생긴 셈이 되었지."

바드레이는 위드를 만만하게 보진 않았다. 지난번의 승리 이후로도 여전히 꺼림칙하게 여기고 있었다.

위드의 모험을 방송을 통해서 지켜보진 않지만 주민들로부터 들을 때가 있다.

조각술 최후의 비기 퀘스트라는 말에, 헤르메스 길드에서도 당황하여 분석실을 통하여 자료 수집에 한창이었다.
 위드의 모험이 실패하기를 가장 바라는 이들이 바로 헤르메스 길드!
 필요하다면 대규모 타격대라도 보냈겠지만, 먼 과거로 돌아가서 벌이는 모험을 방해할 방법이 있을 리가 없지 않은가.
 무엇보다도 화가 나는 것은, 위드의 침략 아래 과거가 뒤틀리면서 하벤 제국이 피해를 입고 있는 상황이었다.
 "살기 위해 발악하는 걸 지켜보는 것도 재미있겠지. 놈은 반드시 내 손으로 잡는다. 지고 무상한 황제의 자리에 오르기 위해서 바치는 최고의 제물이 될 것이다."

가장 강한 전사

위드의 군대는 조나스 성을 점령하고 나서 유리한 위치에서 베이너 왕국군과 싸우기 위해 휴식을 취하면서 기다렸다.

전쟁의 시대에서 최고의 수준 높은 인간 대장장이들이 잔뜩 모여 있는 조나스 성이다. 조금도 과장하지 않고 한 집 건너 한 집이 대장장이, 혹은 그와 관련된 분야에 종사하고 있었다.

베이너 왕국의 수비군은 이곳만큼은 빼앗길 수 없다면서 결사 항전의 자세로 버텼지만 결국 전부 몰살당하며 반 호크의 언데드 군대만 더 강력하게 만들어 주고 말았다.

긍지가 있는 조각 생명체들은 언데드 군대의 존재에 반발심을 품었다.

"대제여, 저런 언데드를 쓰는 건 바람직하지 못합니다."
"전사답지 않은 태도입니다. 지금이라도 칼과 불의 힘을 이용하여 싸워야 합니다!"

10명의 조각 생명체들의 반발!

위드의 카리스마와 힘에 눌려서 묵묵히 따르던 사막 전사들도 동요했다.

"이건 아무래도 아니야."

"순수한 힘, 강한 힘으로 우리를 이끌어 온 대제가 변하셨다."

사막 전사들은 약탈이나 노예를 잡는 것은 승자의 당연한 권리이자 패배자가 받아들여야 할 당연한 숙명이라고 생각했지만 언데드처럼 혐오스러운 병력은 동료로 받아들일 수가 없었던 것이다.

"이놈들이."

위드는 당연히 그들을 매로 다스리려다가, 자칫 휘하 부대들을 데리고 탈영이라도 하면 곤란하다고 생각하고 설득을 시도했다.

물론 말로 해서 안 되면 두들겨 패는 수밖에 없지만.

"우리가 사막을 떠나서 중앙 대륙으로 온 이유가 무엇이더냐."

"인간들을 위해서입니다."

전적으로 위드에게 엮여 버린 때문이었지만, 사막 전사들

은 숭고한 의지를 가지고 있었다.

"그렇다. 우리는 이 엠비뉴 교단을 물리쳐서 혼란스러운 대륙을 구하기 위하여 출정을 하지 않았더냐. 내가 등 따뜻하고 배불리 지내고 싶었다면 그냥 사막에 눌러앉았을 것이다. 그러나 사막의 형제들이, 사막의 아이들이 앞으로도 잘 살아갈 수 있도록 길을 터 주기 위해서 여기까지 오게 되었느니라."

"그 점은 잘 알고 있습니다."

중앙 대륙에서 약탈한 물품과 기술자들은 강제적으로 사막으로 보내졌다.

사막은 고질적으로 식량이 부족한 편이며, 기술도 낙후되어 있는 부분들이 많다. 전쟁을 통해서 사막에 필요한 기술력과 문화를 전수한 것이다.

중앙 대륙에서 전투를 치르면서도 전사들이 꾸준히 높은 사기를 유지할 수 있었던 배경이었다.

여기까지는 전사들도 잘 이해했다.

위드의 사탕발림 실력은, 다단계로 나섰더라도 효과적이었으리라.

"우리가 만약 이 멀고도 먼 땅에서 죽는다면 사막에서 기다리고 있을 처자식들이 어찌 될지 생각해 보아라."

전사들은 진지하게 처자식들을 떠올려 봤다.

"토끼 같은 제 아내는 너무 예뻐서, 금방 새로운 남자를 만날 겁니다."

"딸은 태어나고 몇 번 본 적도 없습니다. 이제는 저보다 옆집 아저씨를 더 잘 따릅니다."

"아들놈이 짧은 가죽 바지를 입고 저한테 돈 가진 거 있으면 다 내놓으라고 했습니다. 숨겨 놨다가 들키면 1쿠퍼에 30대씩이라고 하더군요."

"……."

위드를 따라서 사냥만 다닌 폐해로 양산된 막장 집안!

사막 전사들에게 가족은 그리우면서도 가깝지 못한 존재였다.

자식들을 위하여 직장에 다니는 부모님들이 대부분 이와 같은 심정이리라.

"으흠흠, 똑똑히 듣도록 하여라. 우리는 살기 위해서 온 것이 아니다. 오로지 이곳에 뼈를 묻을 때까지 끝까지 싸울 것이다. 저 언데드들은, 마음에는 들지 않지만 전투에 필요한 자들이며, 지금의 장애물을 넘어서 진짜 강적들과 싸우기 위해서 필요하지 않겠느냐. 나 또한 죽고 나면 내 시체라도 일어나서 너희와 사막을 위하여 싸울 것이니라."

"대제!"

"저희가 생각이 짧았습니다."

"저희를 벌하여 주시옵소서!"

띠링!

-부하들이 설득되었습니다.
카리스마가 1 오릅니다.
충성도의 하락이 이틀간 느려집니다.

 중앙 대륙의 인간들, 계산에 밝은 상인들이라면 이런 단순한 말에는 설득되었을 리가 없다. 언데드에 대한 거부감이 별로 없어서 애초부터 문제가 되지도 않았을 테지만.
 하지만 사막 전사들은 높은 무력에 비해서 고지식하고 순진한 면이 아주 많았다.
 거의 태어나자마자, 혹은 어린 나이부터 위드를 따라다니면서 던전을 헤매고 다녔기에 강직하고, 싸움이 전부인 줄 안다.
 위드가 사막 전사들의 정신적인 지주였으니 실컷 부려 먹힐 수밖에 없는 운명!
 "병사들을 무장시켜라. 그리고 너희도 무기를 챙겨라."
 "옛!"
 조나스 성의 무기점, 방어구점, 피혁 상점 등은 다른 도시들처럼 점령군에게 약탈당했다.
 지금까지 기사들을 해치우고 얻은 장비들도 상당하기에, 사막 전사들의 무장은 모자람이 없었다.
 그들은 붉은 새의 깃털을 투구에 꽂는 것으로 자랑스러운 사막의 붉은 칼 군대라는 사실을 표시했다.

"정찰대가 왔다 갔다 하는 걸 보니 여유가 며칠밖에 없겠군. 제대로 준비를 해야 해. 베이너 왕국군과 엠비뉴 교단의 군대도 물리쳐야 할 테니 말이야."

위드는 조나스 성에서 가장 뛰어난 대장장이들을 모았다.

"이걸 나에게 맞게 가공하도록 하라. 뿔은 3개의 검으로 만들어야 하는데, 나중에 3개를 연결해서 하나처럼 쓸 수 있게 해라."

대장장이들에게 내준 것은 말살의 불도마뱀 왕을 처치하며 얻은 가죽, 뿔 3개였다.

붉은 광택이 흐르는 가죽도 범상치 않아 보였지만 뿔에 비할 바는 아니었다.

일체의 불순물 없이 다이아몬드처럼 맑고 투명한 뿔. 남 주기에는 아까운 극상의 재료지만, 전투 계열 전문직인 태양의 전사로는 가공할 수가 없기에 대장장이들에게 맡기기로 했다.

"이런 귀한 재료를 저런 야만 무도한 자가 가지고 있다니 안타깝구나!"

"너희 야만족을 위해서 우리가 순순히 실력을 발휘해 줄 것 같으냐?"

평생 동안 강철을 다루며 늙어 온 대장장이들은 꼬장꼬장한 면이 있었다.

그리고 전쟁의 시대에는 드워프들도 인간 도시에 나와 실

력을 발휘하는 이들이 많았기에 만나기 어려운 존재가 아니었다. 강직하기 짝이 없는 드워프들은 목에 칼이 들어오더라도 강제로는 절대 따르지 않으리라.

"그럼 어쩔 수 없군. 재료들을 다 파기해 버리는 수밖에."

"허억!"

"이런 귀한 물건을… 부순다고?"

흔들리는 대장장이들의 눈빛!

위드도 그렇지만 그 어떤 대장장이도 말살의 불도마뱀 보스에게서 나온 재료를 손에 넣어 본 적이 없었다. 다뤄 볼 수 있다는 생각도 하지 못하고, 막연히 상상 속에서나 그려 보던 그런 진귀한 재료였다.

"어쩔 수 없지."

"그래도 적에게 좋은 일을 할 수는 없지 않겠는가."

그래도 인간 대장장이들은 매우 아쉬워할 뿐 누구도 나서지는 않았다. 침략군의 수장인 위드에게 무기와 방어구를 챙겨 준다면 베이너 왕국이 피해를 입을 것이기 때문이다.

하지만 드워프 대장장이들의 눈빛에는 진한 아쉬움이 담겨 있었다.

"대지와 하늘 사이에서 으뜸가는 무력을 가진 나에게 인간 중 그 누가 대적할 수 있을 것인가. 이 말살의 불도마뱀도 내가 사냥한 것, 그 육체에서 나온 껍데기 따위야 참으로 보잘것없구나."

"……."

말살의 불도마뱀 왕을 잡기 위해서 수많은 부하들이 희생되었지만 승리에 대한 공적은 혼자서 독차지!

위드는 입술에 침을 촉촉하게 발랐다.

"나에게는 더 이상 좋은 무기와 방어구가 필요하지 않다."

당연히 필요했다.

"검과 마법, 정령술, 화살. 그 어떤 것으로도 나를 막진 못한다."

맞으면 제대로 아픈 것들!

"100만의 군대가 막아선다 해도 내 발걸음을 주저하게 할 수 없으리라!"

위드가 대장장이들의 앞에서 포효했다.

동네 아이들의 사탕을 어르고 달래고 위협하면서 뺏어 먹던 관록이 유감없이 발휘되었다.

아침 드라마를 보며 제대로 갈고닦은 각본 아래의 연출!

사막 전사들에게 잔소리를 할 때와 비슷한 톤이었지만, 대장장이들에게는 믿기지 않는 무력을 가진 대전사가 터트리는 광오한 외침과도 같으리라.

상황이 상황인 만큼 그들에게는 야만족의 왕인 위드가 진정 두려울 수밖에 없었다.

"마지막으로 기회를 준다. 이 재료로 일주일 안에 최상의 검과 방어구를 만들라. 내 마음에 흡족하다면 너희가 살 것

이고, 우리 군대는 성을 무사히 남겨 주고 떠날 것이다. 주민들에게도 해를 끼치지 않고 조용히 떠나겠다. 하지만 만약 내 마음에 차지 않는 물건이 나온다면, 너희와 이 성 그리고 베이너 왕국은 완전히 사라지게 되리라."

위드는 거부하기 힘든 협박을 남기고 성의 집무실을 빠져나갔다.

원래의 시간대로 가져갈 수 없는 물품들이라면 이곳에서 최대한 잘 활용해야 했다. 이 성의 대장장이들이 협력하지 않는다면 기술력으로나 남은 시간으로나, 말살의 불도마뱀에게서 나온 장비들은 쓰지 못하리라.

대장장이들은 그들끼리 머리를 맞대고 고민에 빠졌다.

"다들 어떻게 하겠는가? 무자비한 학살자에게는 너무나도 아까운 물품이네."

"나도 그렇게 생각해. 이건 만들어 주면 안 되네. 야만인과 결탁하여 베이너 왕국을 배반할 수는 없어."

"으음, 이렇게 특이한 뿔이라니, 본 적도 없군. 대단한 마나가 느껴져. 이걸 손으로 가공하면서 맛볼 수 있는 충만함은 얼마나 대단할까."

"자, 자! 너무 흥분하지 말고 차분히 생각을 해 보지. 우리의 목숨, 나아가서는 성 전체의 운명이 달린 일이야."

"물건을 만들어 주지 않으면 그가 정말 이 재료를 없애 버릴까?"

"들리는 소문으로는 그러고도 남을 자라더군. 아울러 저 야만인들에 대해 들리는 소문에 의하면, 우리의 가족들이 있는 조나스 성에도 살아남는 자들이 없을 걸세."

"크흐음."

연로한 인간 대장장이들은 주름 가득한 얼굴을 찌푸리며 깊은 고뇌에 잠겼다.

드워프 대장장이들은 옆자리에 놓여 있는 맥주를 마시며 욕만 했다.

"야만족의 대표 주제에 자기 마음에 드는 물건을 만들지 못한다면 우리를 죽이겠다니, 오만하기 짝이 없군."

"그러게 말이야. 명예, 도덕, 관용 따위는 전혀 모르는 형편없는 놈이지."

"오크만도 못한 놈이야."

드워프 대장장이들은 비난을 퍼부으면서도 눈길은 계속 말살의 불도마뱀 왕의 가죽과 뿔을 힐끔거리고 있었다.

대장장이로서의 본능.

절로 시선을 빨아들이게 하는 극상의 재료다. 가만히 보고 있자니 도저히 빠져나갈 수 없는 강렬한 유혹을 선사했다.

"하지만 말이야, 우리가 과연 이 귀한 재료를 다룰 자격이 될까?"

"모롤핸드, 무슨 자신 없는 말인가!"

"한 번도 손대 보지 못한 재료라서… 그리고 알다시피 우

리의 전문 분야인 철이 아니니 더욱 까다로울 걸세."

"이런 걸 만질 기회가 흔치 않은 것은 사실이지. 그리고 어쩌면 그자가 우릴 무시하는 것도 이해는 가."

"헤렌핸드, 자네마저도?"

"생각을 해 보게. 그자의 무력이라면 지금까지 우리가 만든 웬만한 검이나 갑옷이 눈에 차기나 할까? 그자의 눈에 들려면 보통 뛰어난 물품이 아니라면 불가능할 거야."

"이런 재료들을 우리가 실수하지 않고 다룰 수 있을까? 이 완전무결한 뿔에 작은 흠집이라도 난다면 평생을 대장장이로 살아온 나 자신을 용서하지 못할 테지."

"으음, 이 뿔과 가죽을 만져 볼 수 있는 기회는 오직 지금뿐일지도."

남겨진 NPC 대장장이들이 시끄럽게 떠들어 대는 사이, 위드는 전리품들이 가득한 성주의 방으로 들어갔다.

중앙 대륙에서 약탈한 금은보화가 산더미처럼 있는 장소!

볼 때마다 흡족하면서도 속이 쓰렸다.

"이걸 원래의 세계로 가져가지 못한다니… 이건 너무 억울한 퀘스트야."

챙기지도 못하는 보물들을 쳐다보고만 있어야 하다니, 진정 최악의 기분 나쁜 퀘스트였다.

대장장이들에 대해서는 이미 신경을 껐다.

그들이 검과 방어구를 제작하든 하지 않든, 더 이상은 어찌할 수 없다.

 재료들을 일부러 놔두고 온 것은 대장장이들의 욕구를 자극하기 위함이었다.

 실력이 좋은 대장장이일수록 좋은 재료가 있으면 참지 못하는 법!

 이런저런 이야기는 나누겠지만 말살의 불도마뱀 왕의 뿔을 보면서 가공해 보고 싶어서 몸이 근질근질해지리라.

 대장장이 NPC, 특히 드워프들을 상대해 보면서 그들을 어떻게 다루어야 하는지는 잘 알게 되었다.

 만약 그들이 정말 욕심을 내지 않는다면 어쩔 수 없다. 강요한다고 해서 좋은 작품이 나올 리 만무하니까.

 위드는 자기 자신의 판단에 만족한 듯이 고개를 끄덕였다.

 "장인 정신이 중요해. 자율성과 창의력이 중요한 업종이니 그에 걸맞은 대우를 해 줘야지."

 돈은 쥐꼬리만큼 주거나 떼어먹으면서 시간은 촉박하게 다그치고, 결과물이 나쁘면 가만두지 않을 작정이었다.

 전쟁의 시대의 꼬마 아이들은 칼싸움을 하고 놀았다.

 "이얍! 난 베이너 왕국의 왕실 기사 카잘롯이다! 나를 넘어가지 않고서는 감히 국왕 폐하를 만나지 못할 것이다!"

"나는 켈튼 왕국의 돌격대장 빈센트다. 돌격 앞으로!"
"후후후, 난 폭군이며 악당인 위드다."
"허억!"
"목숨만 살려 주세요."

꼬마 아이들 사이에서도 광범위하게 퍼져 있는 악명.

정복행이 계속 이어지면서, 위드는 전쟁의 시대 국가들에 희대의 학살자이며 야만족 침략자로 알려지게 되었다.

그리하여 베이너 왕국과 마폰 왕국이 주축이 되어서 54만에 이르는 대군이 조나스 성으로 접근하고 있었다.

6만이 넘는 병력이 헤스티거를 뒤쫓아 가는 바람에 조금 줄어든 숫자였다.

"폐하, 미개한 남부 놈들에게 마폰 왕국의 위대함을 보여 주어야 합니다."

"오오, 야만족들이 매우 강하다는 이야기를 들어서 우려하고 있던 참이다. 그러나 로하드람 그대가 직접 나서 준다면 믿을 만하지. 단 한 놈도 살아서 돌아가지 못하게 하라."

마폰 왕국은 독자적으로는 사막 군단과 전쟁을 치를 수가 없었다. 하지만 왕국의 유일한 검술 마스터 로하드람이 나섰고, 베이너 왕국과 동맹을 진행하여 전투를 치르기로 결정했다.

60만 명은 전쟁의 시대이기에 결성이 가능한 대규모 병력으로, 일반 농민병이나 시민병이 아니라 전원이 검과 갑옷으로 무장한, 훈련이 잘된 정규군이었다.

숱한 전쟁 경험을 가지고 있으며 수비 진형이나 마폰 돌격 전술 등의 전투 수행 능력도 이만저만이 아니다.

"놈들을 처리할 장소는 조나스 성으로 결정해야 되겠군."

위드는 대륙의 미래까지 걸린 결전을 치를 장소를 결정하고 토벌군의 접근을 기다렸다.

적들과 싸우면서 덤으로 조나스 성 주변도 황폐화시키겠다는 꼼수!

"엠비뉴 교단과 싸우기 위해서는 조각술을 적극적으로 쓰지 않을 수가 없어."

위드는 조각품들을 깎으면서 시간을 보냈다.

시간은 촉박했지만 최고급의 재료들을 써서 작품들을 만들어 낸다.

과거에는 유저들에게 팔아먹기 위한 목적으로 긍정적이거나 따뜻한 분위기의 조각품을 만들어 내는 경향이 있었다. 그러나 지금은 암울하고 세상의 파멸을 표현하는 작품들을 주제로 조각했다.

"역시 대재앙이라면 이 정도는 되어야지."

조각 변신술을 위해서 신화 속 종족의 모습도 복구해 냈다.

위드의 적성에 정확히 들어맞는 작업!

그동안 사막 전사들은 병사들에게 강도 높은 훈련을 시행

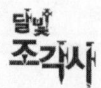

했다. 토벌군과의 전투에 이어서 엠비뉴의 군대와의 싸움에도 써먹어야 했으니 조금이라도 쓸모를 높이기 위해서였다.

주로 하는 훈련은 방패 막기와 돌진!

어차피 큰 기대는 할 수 없다는 점을 알기 때문이었다.

"대제, 적들이 왔습니다."

"마중을 나가 보도록 하자."

위드는 마폰 왕국과 베이너 왕국을 막기 위해 보유 병력 중에서 20만을 데리고 성 밖으로 나갔다.

5만의 병력을 남겨 조나스 성의 수비를 맡기고, 병력 관리는 호우센이라는 다간 왕국 출신의 기사에게 일임했다.

만약을 대비하여 서윤은 사막 전사들의 호위를 받으며 아예 성 밖으로 나오지 않았다.

"잘 지키고 있도록 해라."

"예, 대제왕님."

기사들은 몸을 벌벌 떨었다.

잔인하고, 인간의 틀을 벗어난 끝없이 강한 존재가 위드로서, 가까이 다가가기만 해도 기사들도 겁에 질리지 않을 수 없었다.

광역 스킬로 성의 일각을 한꺼번에 녹여 버리는 무자비한 모습은 기사들에게 한없는 두려움을 안겨 주었다.

"이런 대우도 나쁘지 않군. 웬만큼 나쁜 짓을 저지르더라도 항의도 하지 않을 것 같고 말이야."

전쟁터로 나간 사막 전사는 19,000명, 언데드 군대는 정확히 10만 그리고 토리도의 부대는 800명 정도였다. 전투 노예들이 그럭저럭 나머지 머릿수를 차지했다.

"싸움이란 숫자가 많다고 되는 것이 아니다. 우리는 놈들을 이길 것이다."

"예!"

곧 다가올 전투에 흥분하고 있는 사막 전사들에 비해서 병사들은 얼어붙어 있었다.

베이너 왕국과 마폰 왕국의 정예병은 전쟁의 시대에서 다섯 손가락 안에 꼽힐 만한 강한 군대였다.

"키히히힛, 엠비뉴께서 우리를 돌봐 주실 거다."

"엠비뉴를 따르라. 만세!"

엠비뉴의 광신도 청년들이 전투 노예들 사이에서 열심히 포교 활동도 하고 있었다. 엠비뉴가 민심을 장악한 지역들을 점령하다 보니 광신도들을 받아들이지 않을 수 없었다.

"고향으로 돌아가고 싶어."

"살아서 이 약탈한 금덩이를 쓸 수 있을까? 이건 내 거야, 누구에게도 줄 수 없는."

"불, 불을 지르고 싶다. 성을 활활 태우고, 집에도 불을 질러라!"

이렇게 개판인 군대도 드물 테지만 위드는 개의치 않았다.

가슴이 대범한 것이 아니라, 이 전투를 치르면서 엠비뉴

의 광신도들을 모두 없애 버릴 것이기에 신경 쓰지 않는 것이다.

"상당히 체계적이야. 마법사와 궁수, 기사단, 보병. 어느 하나 부족한 면이 드물군."

위드는 높은 언덕에 올라서서 점점 다가오는 베이너 왕국과 마폰 왕국군을 관찰했다.

보병들이 무기와 방패를 높이 들고 발걸음까지 맞춰서 걸어오고 있다.

마폰 왕국과 베이너 왕국의 깃발을 들고 정확하게 2,000명씩 무리를 지어 열을 맞춰서 오는 것이, 엄정한 훈련을 받지 않았다면 불가능한 장면이었다.

기사단은 말을 탄 채로 갑옷을 번쩍이면서 중앙군을 형성하고 따라왔다.

"아주 탐나는군. 저런 놈들을 부하로 거느리면 싸움을 하는 맛이 조금 더 날 텐데."

위드는 욕심으로 입맛을 다셨다.

저들까지 격파한다면 마폰 왕국과 베이너 왕국을 통합하고 남부 지역을 합쳐 이 시대에 대제국을 건설할 수도 있을 것 아닌가.

그 후로 조금 더 욕심을 부린다면 과거 게이하르 폰 아르펜 황제 이후로 가장 넓은 영토를 가진 대제국이 탄생하게 되리라.

그렇지만 퀘스트의 목적은 엠비뉴 교단을 뿌리 뽑아야 하는 것이었으니 대제국을 확립시키기에는 시간이 모자랐다.

"정말 아쉽군. 그렇지만 전투는 재미있겠어."

베이너 왕국군과 마폰 왕국군은 전투를 서두르지 않고 평원에 진을 쳤다. 본격적인 전투나, 조나스 성을 공격하는 것은 다음 날로 미루는 모습이었다.

사막 군단을 물리치자는 명분하에 피해를 입은 약소국들 그리고 대륙의 각국이 뭉치고 있었다. 세력권에 있는 공국들도 대거 동참하고 있었기 때문에 느긋해질수록 그들에게 유리하다.

위드는 그들에게 쉴 여유 따위는 당연히 줄 생각이 없었다.

엠비뉴 교단과의 다음 전투를 고려하면 시간도 촉박하거니와 병사들의 밥값도 나간다.

적들 좋은 일을 왜 하겠는가.

50만이 넘는 대군이 평원에 모여 있으니 끝과 끝이 보이지 않을 정도였다.

"저들을 다 죽이려면 시간이 꽤 걸리겠군. 하긴 계획대로 엠비뉴 교단과의 다음 전투를 대비하려면 완벽한 승리를 거둘 필요는 없겠지. 전일, 병사들의 총지휘를 너에게 맡긴다."

"옛, 알겠습니다."

"전이, 사막 전사들의 대장을 해라."

"수행하겠습니다."

조각 생명체 부하들을 군단의 중요 직책에 임명하고 지휘를 맡겼다.

그들은 전쟁을 경험하면서 병력을 다루는 법을 익혔다.

기본적으로는 사막 낙타병들을 이용해 강력하게 치고 신속하게 빠진다. 그리고 아군의 피해를 최소화하면서, 불리하면 전투 노예들을 소모시키면서 시간을 번다.

전쟁을 치르면서 반복 학습으로 철저히 가르친 결과 웬만해서는 함정 따위에 빠질 일은 없을 것이다.

강대국의 기사들은 전술의 정석을 꿰뚫고 있어서 일반 유저들보다 부대 지휘는 훨씬 잘했다. 전체적인 진형의 변화도 유기적으로 이루어질 것이고, 훈련 잘된 병사들을 데리고 용맹한 돌격을 펼칠 테니 사막 전사들에게도 만만치 않은 승부가 될 것이다.

"대제께서는 무엇을 하시겠습니까?"

군사 지휘를 전부 부하들에게 맡겨 버린 게 의아한 듯, 전일이가 위드에게 물었다. 보통 이렇게까지 권한을 부하들에게 넘겨주는 경우는 드물었다.

"나는 혼자 싸울 것이다. 이 정도의 전장이라면 제대로 실력 발휘를 해 볼 수 있을 것 같군."

말살의 불도마뱀 던전 이후로 위드는 전력을 다해서 싸워 본 적이 없었다.

레벨이 824에 달하다 보니 왕실 기사들도 귀여워서 그냥 툭 하고 건드리면 사망!

 기사단이라고 할지라도 그냥 동네 꼬마 아이들 다루듯이 했다.

 공성전에서도 성벽을 가볍게 뛰어넘어서 적들을 베고 성문을 부숴 버리면 끝이었다.

 마폰 왕국과 베이너 왕국의 연합군. 최소한 이 정도의 전장이라야 약간이라도 위기를 느끼면서 활개를 칠 수 있지 않겠는가.

 "비틀어 줄 손목들이 많다 보니 스트레스를 확 해소할 수 있겠군!"

둥! 둥! 둥!
전장에 북소리가 울렸다.
"전쟁 예의도 모르는 야만인들을 고통스럽게 죽여라!"
"배에 기름이 가득 차 있는 귀족들을 없애라. 저들에게 고통 받은 것을 풀어낼 기회다. 승리한 후에 약탈은 자유다. 돌격하라!"

 마폰 왕국, 베이너 왕국의 연합군과 사막의 붉은 칼 부대의 격돌!

 말발굽이 지축을 울리며 넓은 평원에서 부딪쳐 가고 있

었다.

위드는 강제징집된 병사들 사이에 끼었다.

황금 가면은 착용하지 않은 대신 두껍고 화려한 가죽 망토와 가죽 갑옷을 착용했다. 방어력을 희생하는 대신에 민첩성을 크게 높인 것이다.

"우리가 이번에도 살 수 있을까?"

"틀렸어. 으흐흐흑……."

"우리 아버지의 원수인 베이너 왕국 놈들. 몽땅 죽여 버리겠어."

전투 노예들의 불안해하는 목소리들도 들렸다.

조각 생명체 사막 전사들은 낙타 위에서 지휘를 하기에 멀리서도 단연 돋보였다.

위드의 원래 자리도 저곳이었다.

전투에서 가장 많은 이들이 주목하는, 대군을 지휘하는 위치.

그가 압도적인 강함을 선보이면 수만에 이르는 적들이 공포에 빠져들어서 주춤거리는 장관이 시도 때도 없이 벌어졌고, 아군에게는 승리에 대한 희망을 주었다.

하지만 다른 때와 달리 위드가 전투 노예들 사이에 끼어서 지켜보는 사이에 전투가 시작되었다.

사막 전사들이 먼저 돌격을 하고, 연합군 측에서는 기사단이 대응을 하기 위하여 뛰쳐나왔다.

그들은 넓은 평원에서 서로 꼬리잡기를 하면서 어우러졌다.

"침략자들에게 굴복한 저 패잔병들의 무리를 쳐라!"

"전군 공격!"

적들의 궁병들과 마법병단, 보병들은 먼저 거슬리는 전투 노예들을 해치우기 위하여 깃발을 높이 들고 진격해 왔다.

위드는 선두에서 약간 뒤쪽이라서 병력끼리 맞부딪치는 걸 볼 수 있었다.

"스카피오 방패 돌격병이여, 국왕 폐하를 위하여 전진하라!"

전투 노예들이 창으로 찔렀지만 그냥 가볍게 방패로 쳐 내고 꿰뚫어 오는 연합군의 정예들!

전쟁의 시대에는 병사들이나 기사들의 수준이 아주 높았기에 급조한 병력으로는 예상대로 상대가 되지 않았다.

적들과 싸워야 하는 전투 노예들이 외쳤다.

"살려 주십시오! 저희는 억지로 끌려왔습니다!"

"야만족들에게 항복한 비겁한 놈들 따위는 필요하지 않다!"

"크아악!"

연합군은 전투 노예들을 쉽게 해치우고 있었다.

반 호크가 있는 언데드 군단과 사막의 붉은 칼 부대가 실질적인 전력이기에, 어쩌면 이것이 전투 노예들의 정해진

운명.

궁병들과 마법사들도 규모가 큰 전투 노예 군단부터 해치우기 위하여 전력을 집중하고 있었기에, 금세 전열이 무너지며 픽픽 쓰러졌다.

하지만 전투 노예들도 끈질긴 면이 있었다.

공국 노아에서부터 끌려온 병사들은 숱한 전투를 경험하면서 성장했기에 험악한 전장에서도 자기 목숨을 챙길 줄 안다.

병사들은 전쟁을 통해서 가장 빠르게 성장한다는 건 두말할 필요가 없는 사실.

때문에 주로 죽어 나가는 건 신참 병사들이었다.

이윽고 선두가 무너지며 위드의 차례까지 금방 적들이 다가왔다.

"너는……"

덤벼들려던 연합군 병사들 400여 명의 부대가 단체로 얼어붙었다. 갑자기 오한과 함께 상상을 불허하는 공포가 밀려온 것이다.

단체로 몸이 굳어 버리는 사태 발생!

"너희가 내 첫 상대라니 가소롭구나. 조금은 더 강한 놈들이 오기를 원했는데."

위드는 발몽드가를 검집에서 천천히 꺼냈다. 말살의 불도마뱀 뿔은 대장장이들에게 맡겨 놓은 이후로 결과물이 아직 나오지 않아서 발몽드가를 장비하고 온 것이다.

만수의 제왕 호랑이 앞에서 초식동물들이 꼼짝도 하지 못하는 것처럼 병사들은 그대로 굳어 있었다.

> -세 아이가 울부짖는 검, 발몽드가를 무장하셨습니다.
> 세 아이의 영혼이 불구덩이에 빠진 괴로움을 호소하며 울부짖고 있습니다.
> 강대한 힘과 의지로 영혼마저 굴복시키면서 검의 힘을 100% 끌어냅니다.

"넘실거리는 화염 각인."

사막 전사의 최강 스킬.

불의 기운을 증폭시켜서 퍼트리는 역할을 한다.

위드가 스킬을 시전하자 감당할 수 없는 거대한 힘에 의해서 인근에 있던 병사들의 몸이 폭발했다.

콰과과광!

스킬에 의하여 연쇄 폭발이 계속 일어났다.

줄잡아 수백 명의 병사들이 곧바로 떼죽음.

베이너 왕국의 병사들만 그랬더라면 좋았겠지만, 전투 노예들도 피해가 막심했다.

"음, 역시 화려한 효과로군!"

물론 위드는 그런 것쯤은 별로 신경 쓰지 않았다.

이 정도쯤이야 넓은 사막의 모래만큼이나 쌓여 있는 악명에 조약돌 하나 던진 수준에 불과했다.

전문 은행 강도에게 어린아이 사탕 하나 더 빼앗는 정도야 뭐가 문제가 되겠는가!

"검의 각성, 탄생의 힘, 다른 하나의 검 소환."

스킬을 시전할 때마다 위드의 몸 근처에서 터져 나오는 빛으로 인한 화려한 특수 효과!

베이너 왕국의 병사들은 급하게 방패를 들어 올렸다.

"너희에게는 미안할 뿐이다."

위드는 겁에 질려서 조금도 움직이지 못하는 적 병사들을 보며 잠시 독백을 했다.

"제대로 힘을 발휘해서 연약하기 짝이 없는 너희를 몽땅 쓸어버려야 하니 말이다. 나라고 해서 제대로 저항도 하지 못할 너희를 상대로 전력을 다해서 싸우는 것이 즐겁겠느냐? 많이는 아니고 그냥 조금 약간 재미는……. 아무튼 어쩔 수가 없구나. 오늘의 전투도 나중에 방송이 될 것이고, 방송 분량은 채워야 하니까!"

출연료와 광고료를 자주 받다 보니 방송 분량까지 신경 쓰는 꼼꼼함을 갖추게 되었다.

"영업을 시작해 보자꾸나."

위드는 검을 쥔 채로 앞으로 내달렸다.

일일이 휘두를 필요도 없이 근처를 지나가는 것만으로도 병사들은 죽어 나갔다. 지나간 주변으로는 마치 화염이 불길의 강처럼 타올랐다.

"놈이 폐하가 있는 곳으로 접근하려고 한다. 막아라!"
"기사단은 어서 출격하라!"

병사들을 무인지경으로 통과하고 베이너 왕국군의 중앙부로 향하니 기사단이 요격에 나섰다.

왕과 고위 귀족들은 애초에 상당히 멀리 떨어져 있었음에도 불구하고 호위를 받으면서 빠르게 안전한 후방으로 빠져나갔다. 전쟁의 시대인 만큼 군 지휘관들의 대피 역시 즉각적이고 신속하기 짝이 없다.

물론 억지로 잡으려고 하면 고위 귀족들 중에서 1~2명 정도야 잡을 수도 있겠지만 그렇게 무리하지는 않아도 된다.

설혹 국왕이 인질이 되더라도 왕위 후계자들이 나서서 전쟁을 수행하는 것이 이 시대의 법칙.

이 평원의 적들을 철저히 몰살시키는 것이 위드의 목표였다.

"예상대로 국왕을 호위하는 기사들이 나서는 것인가? 조금 상대할 맛이 나겠군."

명검 발몽드가가 손끝에서 빙글빙글 돌았다.

검으로 할 수 있는 가벼운 기교였지만, 그만한 여유가 없다면 전쟁터에서는 결코 보일 수 없는 행위였다.

부하들이 가까이 없으니 힘을 마음껏 쓸 수 있어서 위드로서는 편했다.

평균 레벨이 500대나 600대의 직속 사막 전사들이 아니고

서야 힘을 방출하는 것만으로도 주변에서 뜨거운 화염을 맞고 죽어 버렸기 때문이다.

사막 전사들 중에서 레벨 300대는 한참 어린 풋내기였다.

"자, 칼은 이렇게 뽑는 것이다."

"옛."

"물부터 떠 와."

"시원한 물을 가져오겠습니다."

기초부터 차근차근 가르쳐야 하는, 배울 것이 많은 처지였다.

왕실 근위 기사단 400여 명이 백마를 탄 채 창을 들고 돌진해 왔다.

명마들이 내뿜는 속도감과 박력!

전장의 꽃이라는 기사들의 돌격 목표는, 그들에게는 매우 불행하고 안타깝게도 위드였다.

"확실한 기선 제압을 해 볼까? 아냐, 전투 초반부터 마나를 너무 많이 쓸 수는 없지."

위드는 기사단이 가까이 다가오기까지 기다렸다.

베이너 왕국의 근위 기사단은 마치 묘기라도 부리듯이 짧은 거리에서 세 방면으로 산개하여 왼쪽과 오른쪽 그리고 정면에서 돌진해 왔다.

일정한 간격을 통해서 목표를 교차하며 연속으로 베어 버리는 돌격술!

"화염의 고리!"

위드는 몸을 한 바퀴 돌리면서 검을 휘둘렀다.

그러자 뜨거운 화염이 사방으로 방출되었다.

창을 들고 돌격하던 말과 기사들은 다가오던 도중에 화염에 타올라 목숨을 잃었다.

일격 필살도 아니고 가벼운 스킬에 기사 30~40명의 떼죽음!

나머지 기사들은 화염을 그냥 뚫고 돌진해 왔다. 그리고 창을 들어서 모든 힘과 무게를 실었다.

위드는 맞상대하기 위해 그 자리에 서서 검을 휘둘렀다.

너무나도 빨라서 눈으로 보기도 어렵다.

왕실 기사들이 스쳐 지나갈 때마다 그들의 공격을 받아쳐 주었다.

푸히히히힝!

거인의 발에 걷어차인 것만 같은 충격을 받은 기사들은 말과 함께 거꾸러졌다.

위드는 꼿꼿하게 몸을 세운 채로 돌격해 오는 모든 기사들을 기초적인 검술과 압도적인 힘으로 눌러 버린 것이다.

기사들의 돌격에 실린 하중까지도 무시해 버리는 무력!

지고한 검의 끝에 도달하여 휘두른 검에는 기사들의 생명이 대가로 바쳐졌다.

검술의 비기인 다른 하나의 검도 공중을 날아다니면서 다

가오는 기사들을 부지런히 요격했다.

잠깐 동안의 왕실 근위 기사단의 돌격이 끝난 자리에는 화염과 위드만이 남아 있었다.

물론 수거도 완벽하게 완료되어, 떨어져 있는 잡템도 일절 없었다.

이 시대에서도 쓸모가 있어서가 아니라, 주체할 수 없는 본능 때문이었다.

"우ㅇㅇㅇㅇㅇㅇ."

"야만족의 왕은 우리와 같은 인간이 아니다."

"저자의 목을 어서 베어라. 목을 벤 자에게는 백작의 작위를 주고, 공주와 혼인을 시키겠다!"

위드는 스킬도 쓰지 않고 기본 검술로 싸웠다. 그럼에도 검술의 마스터라는 경지가 보여 주는 평범하지 않은 광경이었다.

기사단의 돌격을, 검술 수련할 때처럼 맞받아쳐 주면서 논 것에 불과했다.

"벌써부터 놀란다면 곤란하지. 굳이 멋지게 표현하자면 탕수육을 시키면 덤으로 나오는 군만두 정도밖에 안 되니까."

"저 오만방자한 자를 해치워라!"

고위 귀족 중 누군가가 명령했다.

위드가 있는 자리로 화살이 비처럼 쏟아지고 마법이 작렬했다.

전쟁터에서 아군 없이 함부로 혼자 다닌 대가!

―절대 방어가 연속된 피해를 최소화합니다.

어마어마한 공격이 집중되고 있었지만 정작 위드를 정확하게 맞히는 것은 그다지 많지 않았다.

마법들끼리 상쇄되어서 사라지거나 근처로 빗맞아 떨어지는 화살들도 굉장히 많다.

게다가 멋지기 짝이 없는 광경으로, 숨 쉴 틈도 없이 날아드는 화살이 공중에서 화염에 휩싸여서 소멸했다.

넘실거리는 화염 각인의 보호력으로 발생하는 화려한 효과!

생명력이 2,000~3,000 정도씩 줄어들고 있었지만 죽으려면 한참 남았다.

높은 레벨과 전사로서의 생명력, 훌륭한 방어구, 대지의 여신 미네의 축복까지 부여되었으니 목숨도 오우거의 힘줄만큼이나 질기기 짝이 없었다.

일반적인 병사들이나 마법사들로는 도저히 죽일 수가 없는 단계.

지금은 바드레이라 할지라도 가볍게 데리고 놀다가 해치울 수 있는 능력을 가졌다.

"더욱 재미있어지는군. 흑기사의 일격!"

위드는 가까이 있는 군대의 틈으로 뛰어들었다.

"하나, 둘, 셋, 넷… 열!"

콰아아앙!

연속 공격이 성공하면서 광역 스킬 발동!

땅이 뒤흔들리면서 크게 파였다. 그리고 사방으로 나가떨어지는 베이너 왕국의 병사들.

보고 말고 할 것도 없이 모조리 사망이었다.

다른 하나의 검은 공격과 수비를 알아서 해 주었는데, 특히 위드에게로 정확히 날아오는 화살들을 쳐 내고 마법들을 가로막아서 공중에서 터트렸다.

공격과 방어를 겸비한 최고의 효율적인 스킬 중 하나였다.

지금으로써는 굳이 수비가 필요하지도 않았지만 마나 소모도 매우 적은 검은 매우 빠른 속도로 날아다녔다. 기사들이 덤벼 오는 걸 보며 해치워야 되겠다고 생각하고 돌아보면 이미 사망한 후인 경우도 자주 있었다.

"바드레이는 정말 편하게도 사냥하는구나. 공격과 수비도 알아서 해 주고, 광역 스킬도 연속 공격만 성공하면 계속 터지네."

위드는 길게 푸념하면서 전쟁터를 뛰어다녔다.

아군의 위치, 사막 전사들의 활약, 언데드 군대의 상황에 대해서는 일절 신경을 쓰지 않고 적들을 해치우는 것에만 집중했다.

문득, 흰 로브를 입고 지팡이를 든 채로 주문을 외우고 있는 100명의 마법사들이 눈에 띄었다.

"저놈들이 천둥의 지혜라는 놈들이로군."

베이너 왕국이 자랑하는 마법병단!

중앙군 직속이라서 어지간한 국경 분쟁에는 참여하지 않는 병력이다.

이들의 레벨은 300대 후반에서 400대!

마법사라는 직업을 감안하면 일개 군단을 상회하는 전력이었다.

치열한 생존경쟁이 벌어지는 전쟁의 시대에는 상인이나 예술가, 건축가 등의 직업은 레벨이 낮은 반면에 기사 계급이나 마법사 직종은 레벨이 높다.

"다른 놈들이 해치우기 전에 먼저 손을 써야지."

사막의 붉은 칼 부대가 지금 위드의 가장 강력한 경쟁자였다.

그들은 기사단을 해치운 뒤에 집단 공격이 가능한 궁병이나 마법병단을 목표로 삼는 전술을 많이 수행해 왔다.

사막 전사들이 마법병단을 먹잇감으로 잡기 전에 서둘러서 먼저 쓸어버려야 했다.

위드가 있는 장소에서는 거리도 1킬로 정도로, 꽤 멀었다.

마법병단이 전장을 내려다볼 수 있는 언덕 위에서 마법을 시전하고 있지 않았다면 다른 적들에 가려져서 보이지도 않았을 것이다.

그들이 하늘에 시전한 마법들이 불과 바람, 벼락 등으로

구체화되어 전투 노예들과 언데드 군단, 사막 전사들에게 떨어졌다.

전쟁터에서는 지상만이 아니라 하늘에서도 온갖 일들이 다 벌어졌다.

"종말의 날!"

근처에서 얼쩡거리면서 공격을 하던 장창 부대가 화염 해일 앞에서 소멸!

위드는 마법병단을 향하여 달렸다.

마나를 쓰지 않아도 말을 탄 것보다도 훨씬 더 빨랐다. 가로막는 병사들은 허무하게 뚫렸고, 기병들은 뒤처졌다.

"저놈이 우릴 노리고 있다. 감히 야만 검사 주제에 겁도 없구나."

"어서 막아라."

"마법 공격으로 막으면서 물러나지. 원형 번개!"

"솟구쳐서 흐르라, 세찬 물줄기."

마법사들이 저마다 장기인 마법들을 시전했다.

위드는 몸으로 마법을 돌파했다.

그가 나아가는 길에 일직선으로 수백 미터에 이르는 마법의 융단폭격이 벌어졌다.

―마법 공격을 연속으로 받고 있습니다.
드래곤의 피부처럼 든든한 맷집으로 피해를 줄입니다.
현재 남아 있는 생명력 69%.

엄청난 생명력을 가진 보스급 몬스터들을, 과거에는 동료들이나 부하들과 함께 힘겹게 잡았다. 그런데 지금은 오히려 자기 자신이 든든한 맷집을 믿으며 보스급 몬스터처럼 마법사들의 공격을 무서워하지 않는 상황이 되었다.
　위드가 지나간 곳은 마법 공격으로 파괴되고 화염으로 불타올라 엉망진창이었다.
　발자국이 찍힌 곳에 생성된 불구덩이들은 꺼지지 않고 계속 활활 타올랐다.
　"이렇게 놀다가는 어린이들이 정말 좋아하겠어!"
　약간 규모가 큰 불장난!
　이 장면만 보더라도 어린이들의 시청률은 확실했다.
　무시무시한 마법 공격이 벌어지면서 창병들과 검병들은 속수무책으로 다가오지도 못했다.
　두려움을 잘 모르는 기사들조차도 막아야 할지 말아야 할지 우물쭈물하다가 물러났다.
　작렬하는 흑기사의 일격, 다른 하나의 검은 알아서 강한 적들을 해치우고 마법들을 쉴 새 없이 쳐 냈다.

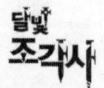

어둠과 공포, 전염병

그사이 조나스 성 앞의 넓은 평원에서는 언데드 군단과 마폰 왕국군이 정면으로 붙었다.

"일어나라. 심연이 이끄는 힘을 받아들여 적들과 싸워라."

반 호크가 지휘하는 스켈레톤 전사들이 용맹하게 날뛰었다.

스켈레톤들은 중장갑보병들의 방패를 뼈밖에 없는 손으로 잡아 빼앗고 몸을 마구 베었다.

인간 병사가 아니다 보니 스켈레톤들은 전투에 격식이 없다.

"죽여라!"

"저놈들의 팔다리를 잘라서 전시해 놔야지. 크키키키킷!"

마구 모여서 달려들고 해치웠다.

일관된 전술적인 움직임이 아니라, 적들이 모여 있는 곳으로 무작정 달려가 7~8마리씩 합동 공격을 했다.

화살과 마법 그리고 기사들의 검에 의해서 파괴된 스켈레톤들이 뼈마디가 산산조각 난 채로 땅바닥에 쓰러진다.

그러나 잠시 후에 보충된 심연의 힘에 의하여 다시 일어났다.

"내, 내 다리가 어디에 있지?"

상체만 있는 스켈레톤은 주변에서 다리뼈를 찾아서 주섬주섬 몸에 붙였다.

"다리, 내 다리가 없다."

주변에서 깨어난 다른 스켈레톤도 자신의 다리를 찾고 있었다.

"내 팔뼈를 내놔라."

"무슨 소리냐. 나도 팔이 2개뿐이다."

"둘 다 오른팔 뼈잖아."

"어, 그러네? 난 원래 오른팔만 2개였다."

필요한 뼈를 먼저 챙긴 스켈레톤들끼리 칼싸움도 벌어졌다.

언데드 군단은 그야말로 산만한 데다 개판 5분 전이었지만, 마폰 왕국군은 쉬이 상대를 하지 못했다.

반 호크의 지휘를 받는 스켈레톤들은 데스 나이트급 이상으로 강했고 보충이 빠르다. 마폰 왕국군의 병사가 쓰러지면 스켈레톤이 되어 다시 일어나 덤벼 오니 숫자가 잘 줄어들지도 않았다.

게다가 반 호크가 직접 이끄는 언데드 기사단과 언데드 돌격 부대!

언데드 기사단은 둠 나이트로 구성되어 있으며, 돌격 부대의 주력은 데스 나이트와 듀라한이었다.

언데드 기사단을 막기 위해서는 마폰 왕국의 기사단과 마법병단이 동원되어야 했다.

그러나 마폰 왕국군 역시 전쟁의 시대의 최강국 중 하나답게 정예들이 즐비하였고, 명성 높은 기사들을 다수 보유했다. 병사들의 대응도 신속하고 규율도 철저하게 잡혀 있어서 팽팽하게 싸웠다.

어지간한 왕국이었다면 언데드 군대에 의해서 이미 파괴되어 버렸으리라.

신성력을 가진 종군 사제들도 다수 동원되어서 언데드 군단을 막아 내고 있었다.

"식량이 널려 있군. 마음껏 피에 취해도 좋다."

뱀파이어 로드 토리도는 전투가 벌어지기 전에 조나스 성에서 그의 권속을 600명 이상 만들어 냈다.

한밤중에 은밀하게 다니는 것이 뱀파이어들의 매력이며 특성.

이런 대낮의 대규모 전투에서는 약할 수밖에 없다.

뱀파이어들은 전투 노예들 틈에 섞여서 싸웠다. 그러다가

틈이 보이면 검을 놓아 버리고 날카로운 이빨과 송곳니로 적을 물었다.

피 마시기에 성공한 뱀파이어는 갑자기 크게 강해지는 건 아니지만 생명력과 마나가 매우 높게 늘어난다.

간단한 마법들을 시전하고, 인간들을 웃도는 힘으로 전투를 하기에는 무리가 없었다.

뱀파이어 퀸 부대는 현혹과 세뇌의 힘으로 적들을 교란시켰다.

그 바람에 뱀파이어들이 있는 장소로 화살과 마법 공격, 기사단의 돌격이 쇄도하여 그들의 수난이 가장 컸다.

거의 2만에 달하는 사막 전사들은 비교적 자유롭게 싸웠다.

위드의 직속 부하들을 막을 군대는 없기에 마폰 왕국과 베이너 왕국군 사이를 자유롭게 오가면서 전투를 치렀다. 특히 기사단을 끌고 다니면서 적당히 괴롭히고 숫자를 줄였다.

하지만 전쟁의 시대이니만큼 각 왕국에도 영웅은 있는 법!

칼라모르 왕국을 대표했던 콜드림처럼 두 왕국에도 영웅 NPC들이 상당수 있었다.

검으로 마폰 왕국의 공작의 자리에까지 오른 로하드람!

베이너 왕국의 지혜로운 마법사 비얀 안드레!

동맹군으로 참여한 수하르 왕국의 왕실 기사단장 록스타!

그들 영웅들이 이끄는 부대는 매우 강했다.

로하드람만 하더라도 검술의 마스터였으며, 안드레는 무려 최초로 만난 바람 마법의 마스터였다.

또한 마폰 왕국과 베이너 왕국 측에서는 무수히 많은 실전 경험을 치른 강력한 부대들이 아직 전투에 참여하지 않고 기다리고 있었다.

"집중사격!"

"크헉!"

마폰 왕국의 석궁 부대는 하나의 표적이나 한 지점을 노리고 일제사격을 하여 사막 전사들을 낙타에서 떨어뜨렸다.

땅에 떨어진 사막 전사는 분투를 벌였지만, 마법이나 뒤따라온 기사단의 공격에 의하여 사망했다.

평원에서 벌어지는 전투의 규모가 너무나도 거대했다.

유로키나 산맥에서 100만의 오크들을 거느린 적도 있지만, 그 당시에 모든 오크들이 싸우고 있었던 건 아니다. 불사의 군단과 직접 맞부딪친 오크들의 숫자는 아무래도 30만 이하를 쭉 유지했다.

이곳 평원에서는 넓은 전선에서 총력전으로 싸우고 있었기에 그 방대함과 속도는 이루 말할 수 없을 지경이었다.

조금만 실수를 하더라도 어느 한쪽으로 크게 치우쳐 버린다.

전투 노예들은 정규군과 싸우더라도 그다지 버티지 못했기에 과감하게 미끼로 던지고 사막 군단과 언데드들을 통하여 해치우는 계략.

 이참에 엠비뉴의 광신도들까지 몽땅 처리해 버리겠다는 계획이 이루어지고 있었다.

 조나스 성에서는 남겨 놓은 병사들과 시민들이 몽땅 성벽에 올라와서 이쪽을 구경했다.

 그것 또한 대단한 장관!

 위드는 전투가 이렇게 될 줄 어느 정도 예상하였지만, 싸움은 혼자서 하기로 결심했다.

 최대한 많은 정예부대를 자신에게 집중시키는 것이 도와주는 길이다.

 아울러 전쟁의 시대에서 최강자들, 그리고 높은 레벨의 기사들을 꺾고 싶었던 것이다.

 "나와라. 베이너 왕국에는 나에게 도전할 용기가 있는 기사가 없는가!"

 위드가 큰 소리로 고함을 질렀다.

 전쟁터 전부를 집중시키게 만드는 위엄과 카리스마.

 또한 시골 동네의 개와 닭도 알고 있는 무시무시한 악명!

 위드의 생명력은 41%가 남았다.

 마법사들을 잡으려고 다가갔지만, 땅이 갈라지고 가시덩굴이 자라며 벽이 솟아나는 등 계속 방해를 받았다. 강제로 모든 장애물들을 돌파하고 나니 마법사들은 이미 호위 기사단에 의하여 말을 탄 채로 멀찌감치 멀어졌다.

게다가 몇몇 마법사들은 공격 마법을 외우지 않고 단거리 집단 텔레포트 마법을 완성시켜 놓고 있었다.

더 다가간다고 해도 빛처럼 빠른 속도로 먼 곳으로 도망쳐 버릴 것이기에 마법사들을 잡는 것은 잠시 포기했다.

계속 들러붙는 기사들부터 해치우고 마법사들은 다음 기회를 노린다.

위드는 지금으로써도 흥이 났다.

수십만이 싸우고 있는 전장에서 독보적인 무력으로 활약한다.

적들이 약하지만은 않고, 체계적으로 대응하기 때문에 까다로워서 더 큰 즐거움을 주었다.

일격에 100여 명의 병사들을 휩쓸어 버리는, 진정한 전쟁의 신으로서의 모습을 드러내기에는 최고의 전장!

유감없이 힘을 쓰더라도 맞아 줄 적들의 머릿수는 충분했다.

"베이너 왕국의 기사 오메탄이다. 얄렘 성의 성주이며, 베노피아 지방을 다스리고 있다."

흑마를 탄 거구의 기사가 나타났다.

위드는 알지 못하지만 전쟁의 시대에서는 꽤나 유명인으로, 레벨도 500대에 이르렀다.

그의 전투 기술 중에서도 마창술은 거의 달인의 경지에 이르렀다. 마스터를 얼마 앞두지 않았지만, 완성되지 않은 마창술의 격차는 상당히 크다.

위드는 풍겨지는 느낌만으로도 제법 강하다는 사실을 알 수 있었기에 기꺼이 그의 도전을 받아 줬다.

"베이너 왕국에도 용맹한 기사가 있었구나. 오너라."

거구의 기사는 시위를 떠난 화살처럼 말과 함께 순식간에 덤벼들었다.

긴 창의 잔상이 보일 정도로 현란하게 휘두르면서 연속 공격!

검으로 철벽처럼 막아 낸 위드에게도 묵직한 느낌이 전달될 정도였다.

"야만족치고는 제법이구나. 하지만 베이너 왕국의 명예를 무시한 대가는 반드시……."

"베이너 쾌검술!"

"커헉!"

신 나서 떠들던 기사는 갑작스러운 기습에 큰 피해를 입었다. 말은 곧바로 사망하고 기사는 땅에 떨어졌다.

"이것은 우리 왕실에 전해지는 검술인데, 어떻게……."

"조금 전에 배웠어."

"그럴 수는 없다!"

"아냐. 난 가능해."

위드는 검술의 마스터라서 어떤 기술이든 쉽게 습득했다.

베이너 쾌검술은 적의 공격을 막으면서 힘을 축적하여, 한

순간에 몇 배로 폭발시켜서 되돌려주는 기술이다. 공격력과 속도가 워낙에 강하고 빠르지만 상대방이 피했을 경우에는 균형을 잃고 뒷수습이 되지 않는다.

그걸 알아챈 위드는 정확한 기회를 노려서 기사를 벤 것이다.

귀족 출신의 기사답게 마법 갑옷도 입고 있었지만, 베이너쾌검술에 담겨 있는 거력은 그를 말에서 떨어뜨렸고 잠깐 동안 전투 불능으로 만들었다.

"그렇다면 나의 완벽한 패배다. 적이지만 강한 이와 싸워서 영광이었다."

"잘 가라."

자비를 베풀지 않고 곧바로 척살!

위드는 가능한 마나를 아낄 필요성도 느끼고 있었다.

워낙 양이 많고 회복 속도 역시 빠르지만, 그만큼 마나를 크게 소모시키는 기술도 다수 가졌다.

체력이나 힘을 바탕으로 기본 검술들만 가지고 전투를 치러야만 대량 살상 스킬을 듬뿍 사용할 수 있다.

그는 어느덧 50만이 넘는 병력의 중심부에 들어와 있었다.

보통 위드처럼 강한 개인을 잡기 위해서는 일부러 진영 깊숙이 끌어들이는 법이지만, 지금은 스스로 들어왔다.

"피햇!"

"불이야. 몸에 불이 붙었어. 살려 줘!"

넘실거리는 화염 각인으로 죽은 병사들만 5,000명은 족히 넘었을 것이다.
 일반 병사들은 거의 있으나 마나 한 존재들.
 위드가 신경을 쓰는 것은 마법사와 기사 그리고 사제, 정령술사 등이었다.
 베이너 왕국군과 마폰 왕국군에서는 이번 전쟁에 상당한 국력을 기울였다. 국가의 군사력을 절반 이상 투입했으니 강자들이 즐비했다.
 그렇다고 하더라도 위드의 밥에 불과하였지만.
 그러나 역시 위드에게도 피해가 아예 없는 것은 아니어서, 이제 생명력이 30% 대까지 줄어들어 있었다.
 "이쯤은 되어야 긴장감이 들지."
 상당히 다치긴 했지만 그렇다고 해서 전투력이 떨어질 만큼은 아니다.
 베이너 왕국에서도 곤혹스러웠다.
 궁병들은 전장에서 활동하는 대신에 화살을 위드에게 집중시켰고, 마법사들도 집중 공격했다.
 개인을 상대하는 게 아니라 공성전을 벌일 때처럼 공격을 퍼부었다고 하는 편이 옳으리라.
 그런데 이쪽 마법사들은 마나가 다 떨어져서 휴식이 필요할 지경인데도 위드는 아직 건재하다.
 "드레이크 부대 출동하라!"

"사자 기사단 출격!"

마폰과 베이너 왕국의 자랑인 드레이크 부대가 하늘을 날아다니기 시작했다.

왕국의 더 뛰어난 기사단도 위드를 목표로 질주해 왔다.

사막의 대제, 그리고 인간 중에서 무의 끝에 도달했다는 위드를 잡기 위해서.

전쟁의 목표 자체가 전투 노예들보다는 위드와 사막 전사들에게 있었다.

"자라나는 뿌리 넝쿨 소환!"

"진흙 웅덩이여, 생겨나라!"

"파루인의 저주!"

마법사와 사제 들은 공격 마법 대신에 위드의 능력을 떨어뜨리는 저주들을 마구 시전했다.

―두꺼운 맷집으로 피부를 약화시키는 주문을 이겨 냅니다.

―발걸음이 느려지는 저주에 걸렸지만 바로 벗어났습니다. 그래도 그 여파로 20초 동안 이동력이 4% 감소할 것입니다.

―파루인의 저주!
막대한 신성력과 믿음을 가진 사제들이 쓸 수 있는 저주입니다.
신앙심이 부족한 이들에게 괴로움을 안겨 줍니다.
프레야 여신의 축복으로 인해서 적용되지 않습니다.

> -근력 저하!
> 깊고 어두운 밤 가위에 눌려 제대로 휴식을 취하지 못한 것처럼 근력과 체력이 감소합니다.
> 힘이 6% 감소합니다.
> 체력의 최대치가 3% 떨어집니다.

무수한 저주들이 쏟아졌지만, 위드에게 걸린 것도 적거니와 걸리더라도 금세 저절로 풀려 버린다.

힘을 약화시키거나 정신력을 감소시키고 체력을 줄이는 샤먼과 사제 들의 마법은 그래도 고스란히 적용되었다.

짧은 순간이지만 위드는 11개의 저주 마법에 걸렸다.

"발할라!"

위드가 커다란 함성을 터트렸다.

> -고대의 함성을 질렀습니다.
> 육신에 깃든 저주 마법들 중에서 8개가 해소되었습니다.
> 투지에 의해 육체적인 능력이 강화됩니다.

그리고 얼굴에는 파라오의 황금 가면을 착용했다.

물리적인 방어력은 그리 크지 않지만 저주에 대한 내성과 통솔력, 명성, 마법 보호력에 있어서는 압도적인 물건이다.

거대한 제국을 다스리는 제왕의 상징적인 물건.

"몸풀기는 이 정도면 충분하다. 이제부터가 제대로 된 시작이지."

벌써 위드에게 죽어 버린 1만 명 정도의 병사들이 저승에서 듣고 억울해할 말이었다.

재수 없게 반 호크의 영역에 들어서서 죽어 스켈레톤이 되어 일어난 자들은 듣고도 별생각이 없었지만.

"자, 화끈하게 해 볼까."

위드의 품에서 꺼내진 물건은 조각품.

전투가 벌어졌을 때에 조각품을 꺼낸다는 것은 두 가지 의미밖에 없다.

조각 파괴술로 예술 스탯을 활용하거나, 아니면 대재앙을 일으키거나.

마폰 왕국군과 베이너 왕국군에게는 불행하기 짝이 없는 일이지만, 현재는 후자였다.

사막 전사들에게는 일찌감치 고대의 함성을 들으면 물러나라는 명령을 내려 놓았다.

언데드 군단, 뱀파이어, 전투 노예들이 그리 멀리 떨어지지 않은 장소에 있었지만, 그들이 대재앙에 포함되든 말든 그건 위드의 관심사가 아니었다.

지금의 레벨과 방어력, 생명력으로는 어떠한 대재앙이 일어나더라도 자기 자신은 살아남을 거라는 확신이 있었기 때문이다.

"기왕이면 나 빼고 몽땅 죽어 버렸으면 좋겠군. 대재앙의 자연 조각술!"

- 명작의 조각품입니다. 무시무시한 위력이 발휘되어 자신이 죽을 수도 있습니다. 그럼에도 스킬을 사용하시겠습니까?

"아주 좋지!"

- 대재앙의 자연 조각술 스킬을 사용하셨습니다.
예술 스탯 20이 영구적으로 사라집니다.
생명력과 마나가 20,000씩 소모됩니다.
모든 스탯이 사흘간 일시적으로 15% 감소합니다.
자연과의 친화력이 떨어집니다.
대재앙의 자연 조각술은 하루에 한 번밖에 사용하지 못합니다.
위험한 재앙을 불러오게 되면, 그 피해에 따라서 명성이나 악명이 오를 수 있습니다.
재앙을 겪는 와중에 죽을 수도 있으니 주의하십시오.

그동안 여러 재앙들을 일으켰지만 이번의 재앙은 특별했다.

불이나 벼락, 홍수, 지진, 폭풍을 일으키지 않았다.

대재앙의 자연 조각술도 경지에 올라서, 이제 두 가지 이상을 섞어서 일으킬 수 있게 되었다.

심심할 정도로 평범한 복합적인 재앙, 짙은 어둠과 공포 그리고 전염병이었다.

시커먼 어둠이 지평선 너머에서부터 빠르게 밀려와서 군대와 조나스 성까지 전체를 뒤덮었다.

갑작스럽게 눈앞의 그 어떤 것도 보이지 않는다.

평화로운 장소였다면 다시 무언가가 보이게 될 때까지 느긋하게 기다렸을 것이다. 그렇지만 이곳은 죽이지 않으면 자신이 죽는 전장이다.

적들에게 화살을 쏘고 있는 와중에, 혹은 적과 싸우고 있는 중에 갑자기 칠흑 같은 어둠에 뒤덮였다.

챙챙!

"으아악!"

어둠으로 인해서 들리는 것은 싸우는 소리와 비명 소리뿐!

"우린 같은 편이야!"

"우리가 누군데?"

"엠비뉴 교단이여, 영원하라!"

"사막의 영광이 대륙을 뒤덮으리."

"쳐라!"

"궁수들은 화살을 아끼지 마라."

"내 등을 벤 놈, 당장 나와!"

전투 노예들과 뒤엉켜 있던 마폰 왕국과 베이너 왕국의 병사들은 정신없이 싸웠다. 자기 자신이 아니면 가까이 있는 모든 이들이 적이었다.

"모두 움직이지 마라!"

기사들이 통솔을 하려고 하였지만 역부족.

그들도 보이는 것은 아무것도 없고, 오직 귀에 의존할 뿐이다. 눈먼 화살과 검이 기사들에게도 날아오니 물러나지 않을 수가 없었다.

"우아아아악!"

선두에서만 일어나던 전투는 들불처럼 뒤쪽으로 번져 나갔다.

후방에서도 1명, 2명 비명 소리에 놀라서 주변에 검을 휘두르게 됨으로써, 부대 전체가 자중지란에 빠져서 동료들을 공격했다.

'죽여……!'

'살기 위해서는 먼저 죽여야 돼.'

'키히, 평소에 싫어했잖아. 기회야. 누가 알 수 있겠어?'

가슴속에서는 끊임없이 누군가가 자신을 해칠 것만 같다는 공포가 치밀어 오른다.

그리고 어떤 알 수 없는 목소리들이 들렸다.

위드가 파괴한 명작의 조각품은 눈이 보이지 않는 병사들이 동료들을 공격하는 것이었다.

병사들의 옆에는 간교한 이간질을 일삼는 브라누아라는 악령들이 붙어 있다. 정신계의 정령으로, 쉽게 보기는 어렵지만 정신력이 약한 자들에게는 그 효과가 어마어마하다.

광란을 일으키거나 자기 자신을 해치기도 했다.

정체를 알 수 없는 전염병도 빠르게 퍼져 나갔다.

기사들과 사제들은 그래도 저항력이 꽤 높아 버틸 수 있었지만 일반 병사들은 금방 붉은 반점이 온몸에 일어나면서 쓰

러졌다.

"기회를 놓치지 마라, 언데드 군단이여!"

반 호크가 위엄 가득한 명령을 내렸다.

위드에게 맞을 때와는 전혀 다른 근엄한 목소리로 언데드 군단을 지휘했다.

스켈레톤들은 동요하고 있었다.

"아, 무섭다, 무서워. 가장 친한 자들이 날 죽일 것 같아!"
"나도. 믿을 인간 하나 없어. 혼자 살기도 힘든 세상이야."
"맞아, 맞아."
"근데 우린 이미 죽었잖아."
"어, 듣고 보니 그러네."
"맞아, 맞아."

스켈레톤에게는 공포라는 감정이 다소 덜하다.

하급 언데드들을 지배하는 감정은 살아 있는 생명체에 대한 살의밖에 없다. 전염병과 죽음을 두려워하지 않았다.

"안 보여. 아무것도 안 보이는데 어떻게 공격을 하지?"
"왜 안 보여?"
"까맣게 가려져서 안 보이잖아."
"근데 우리에게 눈알이 있었나?"
"잠깐만, 한번 만져 보고……. 없는데?"

하지만 스켈레톤들은 어쨌든 당황하여 명령을 따르지는 못하고 있었다. 지능이 나쁘다는 점이 하급 언데드들의 가장 큰 단점이다.
 반 호크가 다시 명령했다.
 "스켈레톤 궁수들은 뼈 화살을 아끼지 말고 쏘아라!"
 "쏘라는데?"
 "맞아, 맞아."
 "어디로 쏴야 돼?"
 "생명이 느껴지는 곳. 살아 있는 놈들한테 쏘면 되지 않을까?"
 언데드들은 기본적으로 생명력과 온기를 가진 따뜻한 인간들을 느낄 수 있었다.
 "아군한테 맞으면?"
 "무슨 상관인데?"
 "아, 그렇긴 하지. 으히히히히."
 "공격하자."
 "아무나 맞아라."
 스켈레톤 궁수 부대가 몸의 뼈들을 뽑아내 적들에게 마구 쏘았다.
 높고 멀리 날아간 뼈 화살들은 어둠 속에서 사투를 벌이고 있는 병사들의 몸에 적중했다.
 노에 병사들, 마폰 왕국군, 베이너 왕국군 가리지 않았다.
 인간들도 대응을 하려고 했지만, 그들은 어둠이 뒤덮고 나서 움직인 탓에 미처 공격 방향도 잡지 못했다.

"갈비뼈가 다 떨어졌어. 다리뼈도 없다. 마지막으로 내 해골을 쏴야지."

"잘 있어라, 모두……."

몸의 뼈들을 다 쏘고 나자 육체가 부서져 스켈레톤 궁수들은 소멸!

반 호크의 권능에 의하여 죽은 시체가 변해서 다시 일어났다.

인간들이 싸우는 전쟁터의 한복판에서 일어난 스켈레톤 궁수들은 주변을 공격했다.

"이히히힛, 이 몸에는 뼈가 많이 있다."

"죽어라, 죽어."

"맞아! 맞아!"

진영 한복판에서 벌떡벌떡 일어나는 스켈레톤들로 인하여 혼란은 더욱 심해졌다.

서로를 죽이기 위하여 검을 휘두르는 병사들에 이어 기사들까지 가세하여 아비규환이었다.

마법사와 궁수 들조차도 아무 곳이나 닥치는 대로 공격을 했다.

전투 노예들도 그들끼리 싸우기는 마찬가지였고, 언데드 군대도 별다를 바가 없었다.

평원에 모여 있는 모든 이들이 광기에 휩싸여서 미친 것처럼 서로를 공격했다.

이 광경을 만들어 낸 당사자인 위드는 깊이 탄식했다.
"내 생각이 너무도 짧았구나."
얼마나 심한 피해가 벌어지고 있는지는 소리로만 들렸다.
이번 대재앙의 핵심이라고 할 수 있지만, 정작 화면이 안 나온다면 얼마나 아쉽겠는가.
"시청자들을 고려했어야 하는데!"
방송중계에도 적지 않은 지장이 있을 터.
그러나 오히려 보이지 않는 편이 상상력을 자극하여 훨씬 나을 수도 있다.
실제로도 마폰 왕국과 베이너 왕국의 진형은 이미 무너졌고, 서로를 죽고 죽이면서 엄청난 희생자들이 생겨나고 있었다.

마판 상회와 가몽 상회!
북부의 상인들 중에서 가장 유명한 두 사람의 상단이었다.
"마판 상회가 최고야."
"아냐. 가몽 상회야말로 북부의 상징이 될 만한 곳이지."
"마판 상회에는 고급품들이 즐비해. 깜짝 놀랄 만한 고레벨 장비들도 있다고."
"가몽 상회도 있을 건 다 있어! 그리고 저렴하면서 질 좋은 물품들은 가몽 상회에 훨씬 더 많지."

유저들도 두 상회를 놓고 비교를 많이 했다.

마판은 모라타의 초기부터 과감한 투자를 하며 농장과 목장, 광산, 식당, 상점, 여관, 대장간 등을 경영했다. 아르펜 왕국의 성장에도 크게 이바지했다고 할 수 있었다.

솜씨 있는 재봉사와 대장장이 중에는 그와 고정 계약을 맺고 납품하는 이들도 많았으며, 일정하게 유지되는 우수한 품질이야말로 마판 상회 최고의 자랑거리였다.

비싸지만 제값을 하는 것이 특징!

가몽은 북부에 자유 교역 시대를 열었다.

벤트 성에서 시작해서 수많은 도시와 마을 간의 교역로를 적극적으로 개척하고, 어려운 이들을 아무 조건 없이 도왔다.

그녀는 레벨은 낮아도 식료품 거래 분야에 있어서는 독보적이었다.

그녀가 조랑말 4마리를 끌고 행상에 나설 때면 초보 상인들 수백 명이 따라다녀 교역단이 구성될 정도였다.

"자, 가요! 뒤쪽에 계신 분들 낙오되지 않도록 조심하시구요!"

> -흉작으로 고생하던 페기 마을에 대량의 식량을 가져왔습니다.
> 정체되어 있던 인구 증가가 해소되며 출생률이 400%가 됩니다.
> 어린아이들이 좋아하는 인형을 가져와서, 페기 마을에 축제가 개최되었습니다.

"페기 마을에 다녀왔다는 이야기는 들었어. 다른 상인들이 거래를 하자고 찾아왔지만 내 가몽 아가씨한테 사기 위해서 기다리고 있었지. 올리브는 잊지 않고 가져왔지?"

"헤헷, 고맙습니다. 서비스로 2개 더 얹어 드릴게요. 그리고 급하시면 저 기다리지 마시고 다른 상인분들에게 먼저 구입하세요."

그녀의 훌륭한 평판은 유저들보다도 NPC들에게 더 널리 퍼졌다.

그 때문에 모라타의 변두리에서 시작된 상점에 어마어마한 NPC 손님들이 찾아오게 되었다.

가몽 상회는 벤트 성에 두 번째 지점이 개설되었고, 그 이후에는 인구가 적은 마을들에까지 모조리 지점이 개설되었다.

인적이 뜸한 해안 마을에 가더라도 가몽 상점을 찾을 수 있었다.

어느 한 모험가가 깊은 산속을 헤매다가 며칠 만에 간신히 빠져나와 보니 초가집 십여 채가 옹기종기 모여 있는 작은 마을!

새로운 마을의 발견이라면서 환호하며 달려갔더니 그곳에도 가몽 상점이 있더라는 눈물 어린 사연이 있었다.

"진짜 장사꾼이네."

"저 인기가 부럽다. 상인이 정말 주민들이 좋아하는 직업

이구나."

"교역을 계속 성공시키면서 친밀도를 쌓고, 꼭 필요로 하는 물건도 구해다 주고 그러다 보면 모험가 못지않게 유명해질 수 있는 직업이란 소문이 정말이었구나."

상인 유저들조차도 존경하는 대상인 가몽.

그녀 덕분에 북부에서 굶주리는 마을들이 사라졌다는 평가마저 있을 정도였다.

아르펜 왕국의 급속한 발전에는 실질적으로 가몽의 역할이 아주 컸다.

"나도 대상인이 되어야겠어. 상인은 레벨보다는 눈썰미와 신용이니까."

"후훗, 북부의 모든 돈을 쓸어 담아서 쌓아 놓고 돈 자랑해야지!"

마판과 가몽을 보며 꿈을 키우는 유저들이 늘어나 상인 직업이 대인기를 누렸다.

예술 계열, 재봉사, 모험가, 네크로맨서, 정령사 등 직업의 유행이 돌고 돌면서 북부 전체가 대도약의 시기에 들었다.

그리고 유저들의 선망의 눈길을 받고 있는 두 대표 상인, 마판과 가몽이 숙명적인 만남을 가지게 되었다.

아르펜 왕국의 대지의 궁전이 개설되고 있는 주변 평야!

상점을 개설할 땅을 알아보러 온 두 사람이 서로를 마주 보게 되고 만 것이다.

'저분이 북부 최고의 상인 마판 님이시구나. 과연 듣던 대로 늠름한 턱살과 웅장한 뱃살이 멋있어.'

가몽은 마판을 선망하고 있었다.

그녀가 막 북부에서 시작하였을 때 마판의 명성은 이미 널리 퍼진 상태였다.

— 가진 건 돈밖에 없는 상인 마판.
— 땅 투기의 달인 마판.
— 아낌없는 뇌물 상납자 마판.

몇몇 사람들은 위드와 결탁하여 온갖 특혜를 받아 성장한 것 아니냐고 의혹을 내비치며 질투도 했지만, 대부분은 그의 과감한 투자와 선견지명으로 이루어 낸 것이었다.

가몽은 4주간 도시 밖으로 나가지 못하는 사이에 마판의 수많은 잡화점들 중 한 곳에서 아르바이트를 했던 경험을 가지고 있었다.

'나중에 여기에서 물건을 구매하는 고객이 되어야지.'

잡화점에서 일을 하면서 상인의 꿈도 키웠다.

그런 그녀가 마판을 직접 대면하니 동화 속의 왕자님처럼 느껴졌다.

'세 겹으로 접힌 목살이라니, 딱 내 이상형이야!'

'아, 귀엽고 예쁘다…….'

마판도 그녀에게 반했다.

남자가 사랑에 빠지는 데에는 다른 여러 복잡한 이유가 필요없다.

눈에 예쁘게 보이면 그걸로 끝!

화령이나 이리엔, 벨로트, 각양각색의 미녀들이 주변에 있었지만 마판의 마음에 들지는 못하였다. 지나치게 화려한 외모보다는 수수하면서 예쁜 얼굴을 좋아하는 의외의 까탈스러움(?)이 있었던 것이다.

물론 화령이나 벨로트가 그를 좋아할 리도 없었지만!

남자답게, 마판이 먼저 말을 건넸다.

"반갑습니다. 이야기는 많이 들었습니다. 저는 마판입니다."

"아… 네, 넷! 저는 가몽입니다아. 잘 부탁드려요."

"저기, 어디 가서 차라도 한잔 하실래요? 제가 사겠습니다."

"아니요. 제가 직접 쑨 보리죽이 있는데, 구수하니 맛있어요. 같이 드실래요?"

가몽은 배낭에서 김이 모락모락 나는 풀죽 도시락을 꺼내 조심스럽게 내밀었다.

마판에게는 소박해 보여서 더욱 예뻐 보이는 모습이었다.

"맛있군요. 우걱우걱!"

가몽은 누가 뺏어 가기라도 할 것처럼 급하게 보리죽을 들이마시는 마판을 그윽한 눈으로 바라보았다.

'저 터질 듯한 볼따구는 정말 상상했던 그대로 멋져 보여.'
'아, 볼수록 더 예쁘다…….'
그렇게 사랑이 시작되고 있었다.

반 호크의 위용

어둠과 공포가 휘몰아치고 지나간 전장.

평원에는 병사들과 기사들이 셀 수 없이 많이 쓰러져 있었다.

죽은 자들만 10만이 넘었으며 한두 군데씩 부상을 달고 있는 자들은 이루 말할 수도 없을 정도였다.

군대끼리 전투를 하더라도 수비를 철저히 하며 싸우기에 짧은 시간에 이런 피해를 입진 않지만 지금은 온 사방에서 아군들끼리도 싸워 댄 결과였다.

날아오는 검을 보며 수비를 할 수 있는 상황이 되지 않기에 무조건 먼저 적을 죽이기 위한 공격부터 한다.

완전한 어둠 속에서는 사제들의 치료도 불가능했다.

"우으으으, 드디어 끝난 건가?"

"아파. 온몸이 아프다."

"안 돼. 무서워. 집에 가고 싶어."

마폰 왕국과 베이너 왕국 병사들의 사기도 바닥을 기었다.

당장 바로 옆에 있는 병사들을 동료로 받아들이지도 못했다.

어둠이 걷히고 나니 동료들끼리 극렬하게 싸우다가 멈추었던 것이다.

"너희가 감히 기사인 날 공격하다니……."

"살려 주십쇼, 기사님."

"모르고 한 일입니다요. 용서해 주십쇼."

"닥쳐라! 목을 베어서 엄히 다스릴 것이다."

"헉! 제발 목숨만은……!"

"이런 제길! 기사라고 별거 있나? 이왕 이렇게 된 거, 아예 묻어 버립시다!"

"아휄, 고향 친구인 나를 왜 찌른 것인가!"

"실수였지만, 원래부터 널 싫어했어. 내 첫사랑인 포린과 결혼했던 네놈을 죽여 버릴 거다."

어둠이 걷히고 나서도 악화된 감정으로 곳곳에서 계속 전투가 이어졌다.

기사들이 지휘를 하고 있었지만 엉망진창이 된 군기를 빠르게 다잡기는 무리였다.

전투 노예들과 언데드 군단과의 교전도 다시 진행되었다. 적 진영의 한복판에서 일어난 스켈레톤들은 일제히 공격을 받는 바람에 그리 오래 버티지 못하고 무너져 내렸다.

마폰 왕국과 베이너 왕국의 전력이 심하게 손상되고 지휘 계통은 일시적으로 마비되기까지 했다.

물러나서 휴식을 취한 사막 전사들이 다시 접근하면서 마구 화살들을 쏘았다.

모든 병과에 능숙한 사막 전사들의 화살은 공격 범위 안에 있는 병사들을 궤멸시켰다. 사막에서 몬스터들을 상대로 그러했듯이 적들을 휩쓸어 버리는 것이다.

그들의 임무는 원래부터 적군과 어우러져서 전면전을 펼치는 것이 아니라 멀리 외곽을 빙빙 도는 것이었다.

기사단이 공격하면 바깥쪽으로 유인하여 전투를 펼쳐서 잡아먹는다. 그리고 다시 돌아와서 활을 쏴서 적군을 타격하는, 다소 치사하고 야비하다 욕을 먹겠지만 효과는 절대적인 위드의 방식!

그리고 전투 노예들 중에서 주력인 기병들도 돌격했다.

전투는 절정으로 치닫고 있었다.

어둠이 내렸던 그사이에 위드는 원래 자신이 있던 자리를 벗어나서 천둥의 지혜라는 마법병단 옆에 도착해 있었다.

어둠이 내리자마자 방향만 잡고 그대로 돌파해 온 결과다.

마법사들은 이미 호위를 뚫고 들어와 있는 위드를 보면서 경악했다.

"미리 말해 두지만 개인적으로 나쁜 감정은 없어."

"비겁한 놈!"

"이 바닥이 원래 다 그런 거야."

넘실거리는 화염 각인만으로도 가까이 있는 마법사들은 사망했다.

워낙 갑작스럽게 당한 일이라 마법 보호막도 펼치지 못했던 것이다.

위드는 고위 마법사들을 골라서 먼저 검을 휘둘렀다. 레벨 400대 정도의, 왕국에 명성이 자자한 대마법사들이 죽어 나갔다.

바람 마법의 마스터인 안드레는 국왕의 옆에 있어서 죽음을 면하였다.

그렇지만 위드는 안드레의 목숨 따위는 언제라도 취할 수 있다고 생각하고 있었다.

마법사는 굉장히 무서운 존재이기는 하지만 일단 목표로 삼는다면 얼마든지 해치울 자신이 있었다.

아무리 뛰어난 마법사라고 해도 레벨의 차이가 현격하다. 그가 쓰는 마법 공격은 웬만하면 피해 버릴 자신이 있었고, 또한 달려가서 목숨을 끊어 놓을 기회도 엿볼 수 있었다.

"종말의 날!"

천둥의 지혜 마법병단은 그들의 장기인 선더스톰도 써 보

지 못하고 전멸했다.

가까이 있는 다른 마법사들을 목표로 다시 공격을 하려는 순간, 호위하는 기사들이 뒤늦게 달려왔다.

"아직 15년은 일러. 사막에서는 감히 내 부하가 되지도 못할 것들이로구나."

화염 검술로 호위 기사들을 가볍게 사망시키고, 흑기사의 일격을 발동시켰다.

다른 하나의 검은 알아서 휘젓고 다니면서 기사들과 마법사들을 제거했다.

인생을 짜게 살면서 터득한 검소함이 전투에도 배어 나왔다.

기사들과 마법사들의 생명력을 정확히 파악하고, 굳이 넘치는 힘을 과시하려고 하지 않는다.

최대의 효율을 위해서 체력까지 아끼면서 간결하게 검을 휘둘렀다.

그저 가볍게 적들을 베는 것임에도 불구하고 일격 필살!

마법사들은 도망치기 위해서 아우성을 쳤지만 하나둘씩 따라잡혀서 회색빛으로 변했다.

적 기사들조차도 우러러보지 않을 수 없을 정도로, 위드는 너무나도 엄청난 활약을 하고 있었다. 마법사와 장거리 공격이 가능한 숙련된 궁수들 같은 고급 전력들이 무참히 죽어 나갔던 것이다.

"저자를 막지 않으면 안 된다. 무슨 수를 써서라도 제거하라!"

베이너 왕국의 국왕이 겁에 질려서 명령을 내렸다.

위드가 공격을 하면서 계속 다가오는 바람에 귀족들과 국왕은 피난을 가느라 전투가 어찌 벌어지고 있는지를 살펴볼 겨를도 없었다.

마폰 왕국이 전투 노예들과 언데드 군단, 사막 전사들까지 대부분을 감당하는 사이에, 베이너 왕국군은 전투에 본격적으로 가담하지도 못하고 있었다.

그리고 위드에게로 마구 집중되는 마법 공격들!

마법의 마스터인 안드레가 손을 휘저을 때마다 칼날 바람이 날아왔다.

"이 정도로는 부족하군."

위드의 판단에 의하면, 맞더라도 생명에 큰 지장은 없을 것 같았다. 레벨과 장비가 깡패라는 말처럼 기술이 아무리 뛰어나더라도 힘에 한계가 있는 것이다.

적 진영의 한복판에서 빠르게 움직이는 위드를 맞히는 건 결코 쉬운 일이 아니었기에 애꿎은 베이너 왕국의 기사들만 칼날 바람의 희생양이 되었다.

하지만 안드레의 공격도 전초전에 불과했다.

그가 달리 완성시키고 있는 주문은 거대한 바람으로, 목표를 하늘 높이 띄워 올린 후 4개의 회오리바람을 겹치게 하여

분쇄시켜 버리는 광역 마법!

위드뿐만이 아니라 1,000여 명이 같이 피해를 보게 될 테지만 안드레에게는 상관없었다.

마도의 길을 걷는 자로서, 기본적으로 인간의 생명을 그리 귀하게 여기지 않는다. 베이너 왕국의 고위 귀족으로서, 희생자들을 침묵시킬 수 있는 권력도 가지고 있었다.

"저것은 약간 위험해 보이는군."

위드는 싸우면서도 주변을 경계하며 살핀 덕에 마법이 완성되기 전에 미리 발견할 수 있었다.

직접 보거나 경험해 본 적은 없지만 역사서와 주문서 등을 통해 마법 주문에 대해서는 많이 알고 있었다.

아직 마법이 완성된 것도 아닌데 화살이 제 방향으로 날아가지 못할 정도로 미친바람이 불고 있다.

대체로 준비 시간이 오래 걸릴수록 마법의 위력은 강대하다는 것이 보편적인 공식.

"그렇게 나온다면 나도 방법이 있지. 불사조의 생명력!"

위드는 빵빵하기 짝이 없는 스킬을 시전했다.

전투의 전문직인 태양의 전사로 사막을 횡단하면서 얻어 낸 스킬!

3분간 햇빛 아래에서는 어떤 공격을 당하더라도 생명력이 떨어지지 않는다.

물론 약간의 페널티는 있어서, 그 시간 동안 생명력과 체력, 마나가 회복되지 않으며 달리는 것이 불가능해질 정도로 이동속도도 느려진다.

 간단히 이야기하자면, 때리면 다 맞아 주긴 하지만 절대 끄떡도 하지 않는 스킬.

 일주일에 한 번만 사용 가능하다는 사소한(?) 문제도 있긴 했다.

 위드는 주변에 있는 적들과 싸우면서 안드레의 마법이 완성되기만을 기다렸다.

 "생각보다 오래 걸리는군. 효과가 확실하겠어."

 이윽고 마법이 완성되었다.

 거센 바람이 불어와서 위드와 병사들의 몸을 하늘로 띄웠다.

 바람이 얼마나 거대한지 나무와 흙, 병사들이 떨어뜨린 검과 방패, 갑옷, 땅에 박혀 있던 화살까지도 그대로 딸려 올라갔다.

 일찍부터 피하려고 하거나 검으로 바람을 자르면서 최대한 저항했다면 어찌 되었을지는 모르지만, 마법의 위력은 역시 막강했다.

 보스급 몬스터를 가장 빠르고 철저히 잡는 방법도, 생명력을 단숨에 깎아 놓는 능력이 있는 마법사들을 활용하는 것.

 위드는 바람의 힘에 떠밀려 지상에서 100미터 정도의 공중에 떠 있으면서도 차분했다.

"슬슬 시작하겠군."

할리우드에서 전 세계를 상대로 내놓은 블록버스터급 신작 영화 정도의 기대감.

"안 돼. 벗어나야 돼."

"살려 줘. 살려 주세요!"

베이너 왕국의 병사들은 아우성을 치고 있었으며, 기사들은 명예도 모르는 비겁한 안드레라면서 길길이 날뛰었다. 기사와 마법사의 관계가 그리 좋지 않다는 사실을 보여 주는 전형적인 광경이었다.

위드가 미처 처리하지 못한 마법사들도 함께 딸려 올라가서, 살아남기 위해 보호 마법을 펼치느라 정신이 없었다.

그리고 마침내, 지상과 하늘에서 회오리바람이 일어나더니 네 방향에서 다가왔다.

공중에 떠 있던 화살과 검, 도끼, 아우성을 쳐 대던 인간들이 한 덩어리가 되어 정신없이 빙글빙글 돌기 시작했다.

위드는 폭풍의 핵처럼 완벽하게 중앙에 있어서 아직 바람의 영향을 받지 않았지만, 그의 바로 몇 미터 앞에서만 해도 병사들이 엄청난 속도로 돌아가고 있었다.

"우아아아아악!"

중무장한 기사 1명이 말을 탄 채로 오른쪽에서 다가오더니 바로 왼쪽으로 지나갔다. 그리고 바윗덩어리에 부딪쳐서 사망.

비명 소리가 사방에서 들렸는데, 가까워졌다가 멀어졌다가 제멋대로였다.

당사자들은 당연히 죽음의 공포를 강하게 느꼈다. 마법에 휩쓸린 이들은 전투력 자체를 상실.

지상에서도 외곽 지역에서는 잠시 전투를 멈추고 이곳을 올려다보고 있었다.

이 장면을 본 어린이들은 겁에 질려서 밤잠도 설치게 되리라.

위드는 살림 경험이 길고 긴 만큼 조금 다른 각도에서 생각했다.

손빨래를 벗어난 지가 1년도 채 되지 않았다.

중고 할인 매장에 가서 12년 된 세탁기를 사 왔는데, 그 정도로도 살림이 훨씬 편해졌다고 느꼈다.

옷, 수건, 속옷까지 넣고 세제만 풀어 주면 탈수까지 깨끗하게 끝나서, 빨래 걸이에 널기만 하면 되었으니까.

하지만 방송국 관계자들이 집안 살림들을 몽땅 바꿔 주면서 고용량 세탁기를 갖게 되었다.

무슨 특수한 모터를 써서 가격도 더 비싸고, 이불 빨래에도 넉넉한 통돌이 세탁기!

강력한 물살과 통돌이의 빠른 회전은 무한한 감동을 주었다.

집 안에 빨래를 할 것이 더 없는지 찾아보고, 화창하게 맑

은 하늘을 바라보며 세탁기를 돌리는 날이면 행복한 기분까지 들었다.

"확실히 세탁기는 용량도 중요하지만 힘이 세야 돼."

광역 바람 폭풍이 주는 감흥이 세탁기보다도 못했다.

이어서 회오리바람이 위드에게로 다가와서 세차게 할퀴었지만 생명력 저하는 일절 없었다.

-바람으로 인해서 망토의 내구도가 7 감소했습니다.

장비들의 내구도는 조금 떨어졌지만 이 정도쯤이야 조나스 성의 대장장이들을 들볶아서 고치면 될 일이다.

"시원하군. 여름에 이렇게 바람이 잘 불어 줘야 할 텐데."

자장면에 탕수육까지 먹고 커피를 한 잔 마실 정도의 느긋한 여유.

불사조의 생명력 유지시간은 아직 1분 20초 정도나 남았다.

설혹 마법이 그보다 더 오래 지속되더라도 그때쯤이면 이미 충분히 약해져 있을 테니 어떻게든 바람의 핵심을 깨고 빠져나가면 될 일.

사막 전사들은 그가 대단한 마법에 걸려 있는 걸 보면서도 사기가 감소하거나 동요하지 않았다.

전일이가 말했다.

"저 정도에 죽을 분이 아니다. 훨씬 더 독한 곳에서도 끈질

기게 살아남으셨다."

전이도 동의했다.

"독에 걸려도, 함정에 빠져도, 몬스터의 무시무시한 공격을 맞아도 죽진 않았다."

사막에서의 질기기 짝이 없던 생존력을 믿고 있기 때문이었다.

위드는 마법이 끝나기만을 느긋하게 기다렸다. 다시금 전장에서 활약을 하기 위한 대기 시간.

지상에서는 베이너 왕국군이 수십 겹의 포위망을 구성하기 위하여 노력하고 있었다.

기사단이 10개 이상 집결하고, 기병들이 그 주위를 에워쌌다. 마법사들은 각자 장기인 마법을 준비하는 상황이었다.

위드가 아무리 인간 중에서 가장 강하다고 해도 베이너 왕국군의 전력을 무시할 수는 없다.

하지만 그럼에도 확실한 자신감을 가지고 있는 까닭이라면, 만약을 위한 도망 계획을 엄청나게 가지고 있다는 점.

여차하면 조각 변신술을 써서 베이너 왕국군으로 분장해 도망치려고 조각품까지 미리 다 만들어 놓은 후였다.

"다 먹고살자고 하는 것인데."

바람 폭풍 마법이 절정에 달했다.

그리고 누구도 예상치 못한 부가적인 효과.

위드의 넘실거리는 화염 각인의 불길은 여전히 타오르고

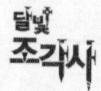

있었다.

 마나의 불길, 생명이 꺼지지 않는 한 사라지지 않아야 하는 불길이다.

 거센 바람이 밀려오는데도 수그러들지 않고 저항을 한다면서 위드의 마나를 쏙쏙 빨아들이더니, 제멋대로 불길이 불어나 바람과 뒤섞였다.

 바람 폭풍에 휘말린 불길이 사방으로 퍼져 나가 버린 것이다.

 공중에서 화염 줄기와 불덩어리가 꽃보다도 아름다운 형상을 그리면서 날아가 왕국군을 강타했다.

 지상의 병력을 집어삼키면서 걷잡을 수 없이 번져 나가는 화염, 예상치 못한 대파괴의 현장이었다.

 "역시 불조심을 해야 돼. 꺼진 불도 다시 보자는 말이 있는데… 외출할 때는 가스 밸브도 항상 잠가 놔야지."

 안드레의 마법은 결과적으로 밀집한 베이너 왕국군에 궤멸에 가까운 피해를 입히는 것으로 끝났다.

 병사들의 사기 추락은 물론이고, 마나를 다 소진한 안드레도 괴로워하면서 기사들의 호위를 받으며 물러서는 것이 보였다.

 위드가 땅으로 내려서고 있을 때, 언데드 군대가 있는 쪽에서 큰 함성이 나왔다.

 인간들의 절규에 가까운 비명 소리에 이어서, 주로 언데드들이 겔겔거리는 소리였지만.

"크히히히히힛."

"캬핫캬하하하핫!"

위드가 상황을 파악해 보니 반 호크가 대단한 활약을 펼쳤다.

반 호크는 둠 나이트들과 함께 영혼 이탈의 돌격으로 마폰 왕국군을 좌우로 분단시켰다.

이어 앞으로 나온 마폰 왕국의 공작이며 검술의 마스터, 로하드람을 상대하게 되었다.

"인간 기사로군. 나는 심연에서 돌아온 반 호크다."

"언데드 주제에 제정신을 가지고 있다니 놀라운 일이군. 그러나 이 신성한 땅은 언데드에게는 허락되지 않는다는 것을 가르쳐 주마."

어비스 나이트 반 호크와 로하드람의 일대일 대결이 펼쳐졌다.

유령마와 백마를 탄 둘은 기사답게 마상에서 겨루었다.

양쪽 다 검을 들고 같은 방향으로 말을 몰면서 검투를 벌였다.

팽팽한 접전이 벌어지면서, 마상 결투만의 멋진 장면들이 속출했다.

검을 휘두르고 막아 내고, 말 위에서 절묘하게 균형을 잡으면서 펼쳐 내는 불꽃 튀는 대결이 이어졌다.

레벨이나 힘은 반 호크가 높지만 기술 면에서는 로하드람이 약간 뛰어나다.

쉽게 승부가 나지 않자 로하드람은 마음이 급해졌다.

마폰 왕국 최고의 기사로서 적을 빨리 해치우지 못하고 있다는 조바심에, 무리한 연속 공격을 날려 왔다.

이에 반 호크는 능숙하게 공격들을 받아넘기고 반격을 가하여 로하드람에게 큰 부상을 입히고 말에서 떨어뜨렸다.

기사대전에서 낙마한 것은 분명한 패배를 의미했다. 마폰 왕국의 기사단이 구하러 와서 죽이지는 못했지만, 군대 전체의 사기가 극도로 낮아졌다.

"로하드람 님이 패배하다니… 역시 무리였어."

"히에엑, 어비스 나이트가 우리를 해골로 만들어 버릴 거다."

NPC 병사들의 전투력은 사기에 큰 영향을 받는다. 사기가 높으면 전력의 200%를 발휘하기도 하지만, 반대로 사기가 낮으면 제대로 싸우지도 못하고 전멸하기도 한다.

사실 꼭 NPC라는 특성 때문만이 아니라, 인간들 역시 사기에 따라서 이길 수 있는 전쟁에 지는 경우도 비일비재했다.

"어비스 나이트 반 호크 만세!"

"언데드 군대의 총지휘관 반 호크!"

전투 노예들 중에서 엠비뉴의 광신도들도 광란의 함성을

터트렸다.

그리고 위드의 눈가에 희미하게 일어나는 경련.

자기는 베이너 왕국군의 진영 한복판에서 생고생을 하면서 피해를 입히고 있는데, 정작 영광의 과실은 모두 반 호크가 쓸어 담아 가는 게 아닌가.

"이놈의 세상은, 뼈다귀까지 믿을 수가 없다니."

위드는 시기심을 참지 못하고 깊이 탄식했다.

그렇지만 전투는 아직 끝나지 않았다.

"지금부터라도 알맹이를 쏙쏙 빼먹으면 돼. 마법사들의 마나도 다 떨어졌고 적들의 사기도 엉망이니까. 진정한 대활약을 할 수 있는 기회지."

적들이 허수아비는 아니지만 이제부터는 진정 전쟁의 신이 강림한 것처럼 쓸어버리리라.

위드는 땅바닥에 손을 댔다.

―대지의 여신 미네의 도움으로 체력과 생명력을 회복합니다.

땅의 기운을 받아들이는 빠른 회복력이야말로 비장의 무기와도 같았다.

일반 병사들과 기사들은 감히 덤비지도 못하기에 적들 사이에 있으면서도 죽을 염려 따위는 하지 않았다.

그렇게 각오를 다지며 몸을 일으키는 순간!

"이길 수 없는 전쟁이다. 모두 퇴각하라."

"폐하의 명령이 내려졌다. 들모레 요새로 후퇴한다."

상당한 피해를 입은 마폰 왕국과 베이너 왕국이 갑작스러운 후퇴를 개시했다.

사망자와 부상병을 합하면 족히 15만이 넘어갈 정도의 손실을 입었다. 그에 비해서 사막 전사들은 거의 건재하였고, 언데드들은 줄어들 기미를 보이지 않는다.

전투 노예들이야 반 넘게 죽었지만 토벌군에서도 큰 의미를 두지 않았다.

"안 돼! 절대 이렇게 퇴각할 때 그냥 놓아줄 수는 없지."

대군이 후퇴를 하는 시기가 공적을 올리기 가장 쉬운 기회였다.

전장에서 급속히 탈출하려는 마음에, 마폰 왕국과 베이너 왕국군은 전투 물자들도 그대로 버려두고 빠져나가고 있었다.

기병들은 자기들이 살기 위해서 앞장서서 도주하고, 보병들은 등을 드러내고 방패를 내던지면서 후퇴했다.

방어나 반격이 전혀 되지 않기에 이럴 때 추격하면서 큰 공을 세울 수 있다.

"돌격하라, 언데드 부대여!"

"크휘히히히힛!"

어비스 나이트 반 호크가 언데드 군단을 이끌고 추격에 나섰다.

전투 중에 둠 나이트, 데스 나이트가 많이 생성되어서인지 언데드 기사들이 아주 많았다.

추격하면서 적들에게 피해를 입히기에는 최고의 조합!

"사막의 영혼들이여, 대륙의 나약한 놈들에게 매서운 맛을 보여 주자!"

"우와아아아!"

전일이가 사막 기병들과 함께 퇴각하는 적들을 몰아쳤다. 보병들에게 화살을 쏘고 작은 도끼를 던지며, 말 그대로 도륙을 했다.

"고생은 내가 다 했는데… 이건 아니야!"

위드도 허둥지둥 뒤쫓아 갔지만 언데드 기사단과 사막 전사들이 워낙에 빨랐다.

그렇다고 해서 놈들을 잡지 말라고 할 수도 없지 않은가.

위드는 주인을 잃어버리고 근처를 어슬렁거리던 말에 올라탔다.

"당장 달려라!"

말을 타고 따라가면서 적지 않은 기사들을 해치웠다.

베이너 왕국군의 진영으로 파고들어 가서, 숫자를 기억하지 못할 정도로 많은 기사들과 귀족들을 처단했다.

적들은 돌아서서 덤빌 생각도 하지 못한 채 마구 뒤엉켜서 도망치느라 바빠, 일방적인 도륙이 이루어졌다.

그러나 들려오는 함성 소리!

"전사 전칠이 베이너 왕국의 왕위 계승자를 사로잡았다!"
"이럴 수는 없어."
"용맹한 사막의 전사 전이가 마법병단의 단장을 베었다!"
"안 돼. 내 거야!"
위드의 주변에는 일반 병사들과 기사들만 아주 넘쳐 나고 있었다.

전투에서 쉽게 대승을 거두고 있었는데도 불구하고 석연찮고 찜찜한 기분.

그런데 마폰 왕국군과 베이너 왕국군이 퇴각하는 길목에 수만에 달하는 군대가 나타났다.

"적들의 지원군인가, 아니면 도주하는 척하면서 우리를 함정에 빠뜨리려는 매복? 그렇다면 전쟁은 지금부터지!"

위드는 아직 몸이 덜 풀려서, 이제야 실컷 싸울 수 있게 되었나 보다고 좋아했다.

그러나 앞에서 나타난 군대는 마폰 왕국과 베이너 왕국군을 공격했다.

"우와아아, 헤스티거 님이 돌아왔다!"
"오푸스 성을 파괴하고, 추격대를 물리치고 돌아오신 영웅 헤스티거 님이 놈들의 도주로를 차단했다!"

행운이 따라다니는 얄미운 헤스티거!

이번에야말로 죽어서 다시는 안 볼 수 있을 줄 알았는데 병력도 거의 잃지 않고 돌아오고 만 것이다.

노들레의 성장 퀘스트를 하면서 위드 혼자만 강해진 것은 아니었다. 부하 NPC들도 함께 성장을 해서, 기회가 생기니 대단한 전투 공훈을 세웠다.
　닭 쫓던 개 꼴로, 위드는 NPC를 부러워할 수밖에 없게 되어 버리고 말았다.

　마폰 왕국과 베이너 왕국의 대참패와 전면 퇴각!
　그들은 몇 겹의 방어 마법이 걸려 있는 들모레 요새까지 철수했다.
　요새의 주변에 흐르는 강에는 은이 아주 많이 섞여 있었다. 신성한 은의 속성으로 인해 언데드들이 침범하지 못하는 땅에 위치해 있는 것이다.
　그러나 살아서 요새까지 도달한 병력은 절반 정도밖에 되지 않았다.
　전투가 정점에 이르기도 전에 베이너 왕국의 국왕이 빠르게 후퇴 명령을 내린 까닭은 위드에게 겁을 먹은 탓이 컸다.
　전군이 총공격을 해도 죽지 않고 쌩쌩하게 날아다니며 막대한 피해를 입힌 위드의 무력에 압도당하고 만 것이다.
　"이기고 나서도 배가 아프군."
　위드는 군대를 이끌고 그들을 추격하면서 상당한 포로들

을 붙잡고 근처에 있는 도시들을 약탈했다.

민간인들도 강제로 잡아들여서 병사들로 다시 확보했다.

지금 잡은 병사들이 전쟁에서 그다지 도움은 되지 않겠지만, 언데드들을 위해서라도 부대의 규모를 더 크게 유지하기 위함이었다.

마폰 왕국과 베이너 왕국군의 방침은 확고했다.

수도로 향하는 길목에 있는 들모레 요새를 철저히 지킨다.

남부의 야만인들과 언데드들을 몰아내겠다며 요새 밖으로 나오지 않았다.

결국 마폰 왕국과 베이너 왕국의 도시들이 절반은 수비를 포기한 꼴이 되고 말았다.

"이렇게 된 이상 다음의 전투를 준비해야 되겠군."

전쟁의 시대의 왕국들과의 전투는 입가심 정도!

진짜 승부는 막강하기 짝이 없는 엠비뉴의 군단과 벌여야 했다.

전쟁의 시대에서도 벌어지지 않았던 가장 큰 전쟁!

역사에도 존재하지 않는 전쟁을 엠비뉴 교단과 치러야 했다.

위드는 전일에게 명령을 내렸다.

"포로로 잡아들인 패잔병들에게 무기와 갑옷을 지급할 준비를 해."

이번의 전투로 잡아들인 포로들만 하더라도 10만 명은

되었다. 도망치다가 뒤처진 병사들이 마구 항복해 왔던 것이다.

"그래도 될까요?"

일반 주민들과는 달리 훈련된 병사들이다. 그들이 반란이라도 일으키진 않을지, 어찌 안단 말인가.

"괜찮다. 엠비뉴 교단이 진군해 오면 그들도 살기 위해서라도 함께 싸울 수밖에 없을 테니까."

엠비뉴의 대단한 군대는 상상을 초월하는 수준이었다. 항복한 병사들이 최선을 다하더라도 살아남긴 어려울 것이다.

한국 대학교.

이혜연은 오빠 때문에라도 아주 유명세를 떨쳤다.

전신 위드의 여동생!

그녀를 먼발치에서라도 본 사람들은 자기 눈부터 의심했다.

"믿기지 않아. 오크 카리취의 여동생이 진짜 쟤야?"

"그건 네가 오크 마니아라서 그렇고, 또 위드가 좀 이상한 상태였잖아."

"아무튼 오빠랑 여동생의 외모가 어떻게 저렇게 다를 수가 있냐."

이혜연은 대학에 막 입학했을 무렵부터 학과 내에서는 귀엽고 예쁜 얼굴로 이름을 날렸다.

수수하게 청바지에 티셔츠를 입고 고무줄로 머리를 질끈 동여맨 모습에 반해서 그녀를 짝사랑하는 선배들이 참 많았다.

"안녕, 혜연아. 시간 있니?"

"죄송해요, 선배. 도서관에서 과제 해야 되거든요."

"뭔데? 내가 도와줄 수 있으면……."

"저 혼자 할 수 있어요. 그래야 실력이 늘잖아요. 다음에 봬요."

그녀는 도서관에서 많은 시간을 보냈다.

학교 강의도 착실하게 들어서, 대부분의 수업에서 A 이상을 받고 각종 장학금을 휩쓸었다.

그렇지만 일단 학교 식당에 도착하면 주변을 잘 살폈다.

"선배님!"

"혜연이구나. 밥 먹으러 왔니?"

"넵!"

"같이 밥 먹을래?"

"넵, 선배님!"

학교 식당에서는 갑자기 없던 애교가 무럭무럭 생기는 그녀!

"선배님, 작년에 교양으로 UN 외교학 배우셨죠? 거기 교재가 기억이 안 나는데… 어디서 사야 돼요?"

"너도 이번 학기에 그거 들어? 내가 보던 책 있는데 줄게."

"와, 고맙습니다!"

학비에 식비, 교재비까지 공짜로 챙기는 그녀였다. 휴대폰에는 일정표를 만들어서 항상 기록도 하고 다녔다.

"김진식 선배한테는 사흘 전에 얻어먹었으니까 넘어가고, 호윤 선배한테 얻어먹은 지 2주 가까이 되었네. 놓칠 수 없지."

밥 잘 사 주는 선배들은 특별 관리까지 들어갔다.

그러면서도 MT나 술 모임에는 전부 빠졌다.

"죄송해요. 공부해야 돼서요."

"그래도 같이 과제할 사람들끼리 모이는 자리인데… 한잔만 해."

"오빠가 남자들이랑 술 먹지 말라고 그랬어요. 남자란 동물은 믿을 수가 없는 존재들이라서 절대 기회를 주면 안 된다고요."

술자리는 철저하게 피하는 그녀였다.

대학생이 되면 술자리를 조심해야 한다고 그렇게 많은 이야기를 듣지 않았던가.

그렇지만 그녀에게도 위기는 찾아왔다.

"그렇게 맨날 빠지면 되겠니? 이번만큼은 교수님도 오시니까 참석해라."

학회장의 강요 아닌 강요.

"휴, 이번에는 거절하기 힘들겠네."

이혜연은 학과 모임으로 호프집에 따라가게 되었다.

그녀가 온다는 이야기가 퍼져서, 평소에 참석하지 않던 선후배들도 많이 왔다.

"자, 위하여!"

교수를 시작으로 가볍게 맥주로 달렸다.

사실 인사불성이 되도록 마시고 사고를 치는 것도 구세대의 유물. 요즘에는 적당히 마시면서 이야기를 나누다가 일찍 들어가는 것이 일반적이었다.

물론 술을 마시다가 속마음을 이야기하고 고백을 하며 커플이 되는 경우는 여전히 많다.

이혜연은 바로 맥주에 소주를 말았다. 잔에 넣고 빙글빙글 돌리는 모습이, 전문가 수준이었다.

"그거 나 주게? 선배 술 약한데."

"아니요. 제가 마실 건데요."

그리고 시원하게 원 샷.

"캬아, 좋다."

"혜, 혜연아, 너 술 못 마시는 거 아니었니?"

"술요? 없어서 못 먹죠. 마시려면 비싸고 돈 아깝잖아요."

연속 세 잔의 폭탄주가 그녀의 입속으로 들어갔다.

"안주도 먹으면서 마셔."

"술맛 떨어져서 안 돼요."

엄격하게 술을 마시는 이혜연이었다.

그런 그녀에게 학과 교수도 관심을 가졌다.

"혜연이도 예전에 술 좀 마셔 봤니?"

"그럼요. 어릴 때는 조금 놀았거든요."

"하하, 껌 좀 씹고 다녔어?"

"아니요. 친구들이랑 면도날 씹을 때 많이 마시고 다녔죠."

"······."

이혜연은 오랜만에 술을 마시니 기분이 좋아져서 말수가 많아졌다.

"어릴 때는 원래 철이 없고 그렇잖아요. 밤새도록 마시고 패싸움하고, 지나가는 애들 삥도 뜯고 욕도 하고."

"위험하게 놀았구나. 무슨 사고 같은 건 안 일어났고?"

"별다른 건 없어요. 친구 중에 1명이 오토바이 타다가 식물인간 된 정도? 아, 참! 걔 얼마 전에 깨어났다고 연락도 왔는데 공부하느라 바빠서 못 갔어요. 전화라도 해 봐야 되는데."

"······."

"그렇게 놀다가 오빠한테 걸렸어요."

"오빠가 화 많이 냈겠구나?"

"네. 처음으로 다리가 부러져 봤어요. 그때 3달간 꼼짝없이 방바닥에만 누워 있으면서 생각했죠. 다음에 걸리면 진짜

사지가 다 부러지겠구나. 오빠한테 안 걸릴 자신은 없고…
그래서 그 후로 어쩔 수 없이 정신 차리게 됐어요."

 탈선하는 청소년이던 이혜연을 바로잡은 건 오빠의 과감한 폭력이었다.

영원한 동료 자하브

검치와 사범들 그리고 수련생들까지 깊은 고뇌에 빠졌다.
로열 로드를 하다 보면 수많은 사람들이 고민을 하기 마련이다.
'여기서는 퀘스트를 어떻게 진행하지?'
'유룬 산에서 버섯을 따 오라는데… 내 능력으로는 위험할 것 같은데, 갈까 말까.'
'공격 스킬을 어떤 방향으로 올려야 돼?'
캐릭터의 성장이나 퀘스트. 로열 로드는 실제 살아가는 것과 같았기에 많은 선택의 갈림길이 있었고, 그에 대한 고민도 따라오게 된다.
그러나 검치와 수련생들의 고민은 그런 고차원적인 것이

아니었다.

인생, 복잡하게 살지 않았다. 강한 놈이 있으면 싸우고, 배고프면 먹었다.

검둘치의 애인이 정신과 의사라는데, 사실 이해가 되지 않는 부분이 한두 가지가 아니기도 했다.

'불면증? 왜 밤에 잠이 안 와? 누워서 눈 감으면 바로 코 골고 자는 거 아닌가?'

'우울증에 걸리면 세상 살기 싫어진다고? 완전 거짓말 아닌가. 아니, 개똥밭에 굴러도 이승이 좋다는데 왜 자살을 하고 그래.'

정신과와는 아예 담을 쌓고 살아가는 그들이 괴로워하는 건 위드 때문이었다.

"스승님, 위드가 이런 모험을 하고 있는데 우린 그동안 너무 나태해 있었습니다."

"부끄럽구나. 진작 드래곤 1마리 잡았어야 되는데. 스승으로서 너희를 볼 면목이 없다."

"아닙니다, 스승님. 이게 다 저희 탓입니다. 저희가 제대로 스승님을 보필하지 못하였기 때문입니다."

위드가 어떤 모험을 하더라도 검치와 수련생들은 그러려니 했다.

상식적으로 위드는 그들보다 로열 로드를 플레이한 시간이 조금 더 길다. 또한 더 많이 빠져서 더 긴 시간을 투

자한다.

　국가를 세워도 잘했다고 칭찬해 주고, 퀘스트에 성공을 하더라도 담담했다. 복잡한 여러 조건들을 달성해야 하는 퀘스트들은 그들에게 성가시기만 한 것이었기 때문이다.

　강한 몬스터가 있는 곳으로 가서 몽땅 다 때려잡으면 되는데 뭐하러 퀘스트를 받아서 굳이 심부름하는 기분을 느껴야 한단 말인가.

　누가 좋은 놈이고 나쁜 놈인지 구분할 필요도 없다.

　강해 보이면 그냥 다 때려잡는다.

　과거에 먹을 것 궁하고 가난하던 시절에야 굶어 죽지 않고 돈을 벌기 위해서라도 퀘스트를 했지만 지금은 그다지 열정적이지 않았다.

　하지만…….

　"위드가 혼돈의 드래곤과 싸울 것이라니… 음."

　"스승님, 아직 이긴 것은 아니지 않습니까?"

　"그래도 몸이 근질근질하구나."

　검치와 수련생들이 부러워하는 건 드래곤과의 싸움이었다.

　그들도 이미 브레스에 녹아 봤기 때문에 지금 상태에서 무턱대고 드래곤과 싸우려고 한다는 것이 얼마나 무모한 짓인지는 잘 안다.

　아무리 혼신을 다해서 검을 익히더라도 폭격기와 싸울 수는 없는 것 아니겠는가.

현대를 살아가는 검사로서의 한계도 알고 있었기에 묵묵히 힘을 키워 왔다.

그러나 과거로 돌아가서 진행하는 퀘스트일망정, 놀랍도록 강해져서 드래곤과 전투를 벌인다니.

그건 얼마나 짜릿한 일이 되겠는가.

"드래곤 슬레이어. 이 호칭은 내가 최초가 되려고 했는데."

"크흐흑, 영광의 기회를 놓쳐 버리고 말았습니다."

검치와 수련생들은 자만하고 나태했던 자신들을 반성했다.

"삼치야, 우리가 지금까지 해 온 게 뭐냐."

"무예인 마스터 퀘스트입니다."

"어떤 일들이 있었지?"

"그게… 제자들을 키웠죠."

검치와 수련생들은 NPC 제자를 들여서 자신의 기술을 가르쳐 줬다.

제자들은 스승들이 스스로 탄생시킨 무예인의 비기를 최소한 고급까지 익히고 던전을 통과해야 했다.

"검을 휘둘러라."

"언제까지요?"

"밤새도록. 지쳐서 죽을 것 같으면 말해라. 내가 먼저 죽여 줄 테니까."

자상하고 이해심 많은 스승이 아니라, 수틀리면 패고 귀찮

으면 자습시키고 나중에 검사해 봐서 실력이 별로면 짜증 내는 스승들.

그럼에도 제자들을 선별하는 안목은 있었다.

본인들이 겪은 다년간의 경험 때문에, 어지간히 독하지 않으면 수련을 견뎌 내지 못한다는 사실을 알았다. 재능도 중요하지만 그보다는 성격, 즉 죽기 살기로 검술을 배울 사연 있는 인재들만 구해 냈다.

"저의 부모님들이 산적에게……."

"그럼 복수를 하기 위해서라도 앞으로 강해져야겠구나."

"그냥 스승님이 해 주시면 안 될까요?"

"너도 부모님의 품으로 가고 싶은 게냐?"

제자들은 물 먹은 콩나물처럼 마구 자라나서 던전을 통과해 냈다. 그 후에는 각자의 삶을 살아가게 되었다.

아르펜 왕국의 기사가 된 제자도 있었고, 용병으로 세상을 떠돌기를 결정하기도 했다.

검술에 대한 자질이 생각보다 별로라서 상인으로 방향을 전환하는 경우도 있었다.

"상인이 되고 싶다고?"

"예. 죄송합니다, 스승님."

"아니다. 상인도 좋은 직업이다."

검백일치는 제자의 탈선을 흔쾌히 허락해 주었다.

아는 상인이 있으면 두고두고 이득을 볼 수 있을 테니까.

어설프게 검술을 익혀 봐야 같이 사냥을 하고 다닐 수 있는 것도 아니다. 그런 제자가 필요하다면 또 들여서 두들겨 패면 되는 것 아니던가.

검오치의 제자는 배우는 과정에서 워낙에 많이 맞아서, 던전을 통과하자마자 감시가 소홀한 틈을 타서 도주했다. 그리고 어딘가에서 산적이 되었다고 하는데, 벌써 꽤나 유명해졌다.

"제자들을 키운 후에는 몇 가지의 스킬을 익혔습니다."

검삼치는 지난 일을 다시 회상했다.

제자들을 다 키워 놓고 나니 무예인으로서 깨달음을 얻었다.

강해지는 데 도움이 되는 스킬들, 육체 강화, 방어술, 시력 확장, 초인적인 생명력.

이런 스킬들을 얻어 낸 이후에 또다시 수련의 과정을 거쳐야 했다.

3개월이라는 정해진 시간 안에 새로 익힌 스킬들을 고급 3레벨까지 달성하지 못하면 사라져 버린다. 아울러 무예인 마스터 퀘스트도 다시 진행할 수 없게 된다.

들리는 풍문으로는 검사 마스터 퀘스트 등은 아무 때나 중단하거나 미루어 둘 수 있다는데, 무예인은 그렇지 않았다.

작은 실수나 패배라도 경험하면 그걸로 완전한 마스터의 자격은 물 건너가 버린다.

상당히 억울하다고 할 수도 있는 페널티였지만, 검치와 수련생들은 오히려 만족스러워했다.

"무예인이 다른 직업과 다 똑같으면 안 되지. 이 정도 대우는 받아 줘야 마땅하다."

"당연히 그렇습니다, 스승님."

그들만 특별하다는 자부심으로 3개월간 각자가 산속에 들어갔다.

무예인이라는 직업이 산속에서 수련해야 스킬의 숙련도가 더 빨라지는 건 아니고, 분위기 있는 장소에서 해내야 한다는 기분의 문제!

나뭇가지 위에서 하루를 보내기도 하고, 숲에서 동물들을 따라다니면서도 스킬 숙련도를 쌓는다.

다양하고 특이한 훈련 과정을 수행하면서 숙련도를 쌓아서 새로 얻은 스킬들을 완전히 다룰 수 있게 되었다.

레벨은 이전보다 특별히 높아지지 않았더라도 부가 스킬들로 인해서 전투력은 훨씬 강해졌다.

검술에 매진한 결과도 남달랐다.

사실 인간인 이상 3달을 검만 휘두르면서 살자면 지루해서 견디기가 어렵다. 그렇지만 검치와 수련생들은 걸음마 이후부터는 계속 검을 휘둘렀기에 일상과 다르지 않았다.

"내가 그래도 서열이 있는데… 검오백오치 저놈한테 밀릴 수는 없어."

"이놈들이 왜 이렇게 열심히 하지? 아, 좀 먹고 쉬려고 했더니."

산속에서도 불타오르는 경쟁의식으로 인해서 검술 스킬들도 엄청나게 올려놓은 후였다.

저마다 최소 고급 9레벨까지를 달성한 상태!

자신들이 만들어 낸 비기를 완전히 몸에 맞춰서 익히면서 특별한 스탯과 공적까지 추가되었다.

회상을 마친 검삼치가 자신의 생각을 말했다.

"우리가 너무 안일하게 생각하고 놀았던 것 같습니다."

검치도 무겁게 고개를 끄덕였다.

"내 생각과 같구나. 이대로라면 체면이 말이 아니다."

"스승님, 좋은 의견이라도 있으신지요."

"꿩 대신 닭이라고 웬만큼 강한 몬스터와 싸워 봤자, 드래곤과 비교할 수는 없을 것이다."

"그렇죠."

검치와 제자들이 이미 북부에서 잡은 몬스터들만 하더라도 다양했다.

한 지역을 제패한 몬스터들에게도 마구 달려들었고 던전도 격파하였지만, 그 정도로는 이름값을 다했다고 볼 수 없다고 느꼈다.

"우리도 기사단을 만들자."

"과연 훌륭한 생각이십니다!"

검치의 의견에 대해 제자들은 깊이 생각하지도 않고 공감했다.

신속한 아부야말로 스승의 기분을 좋게 만들어 준다.

검치는 엉뚱한 행동도 자주 했지만, 이번에는 상당히 깊이 생각하고 말한 것이었다.

"위드가 하는 전투를 봐도 기사단이 가장 멋있더구나. 기사단이 체계적으로 싸우면 효과는 수십 배가 된다. 전투에 이기느냐 지느냐가 기사단의 활약에 달려 있다고 해도 될 정도지."

"예. 맞습니다."

"그리고 얼마 후면 중앙 대륙 애들과 싸움이 벌어지지 않겠느냐."

"그렇죠."

북부에는 곧 하벤 제국이 침략해 올 거란 소문이 파다하게 퍼지고 있었다.

술렁이는 민심 사이에는, 자발적으로 아르펜 왕국군에 소속되어서 싸우겠다는 유저들이 속출했다. 풀죽신교에서는 대회합을 거쳐서 전투 계획도 짜고 있었다.

"우리끼리 기사단을 편성해서 놈들에게 제대로 맛을 보여 주자. 그 바드레이라는 놈도 우리가 잡아 버리는 것이지."

"스승님의 혜안은 제자들이 따라잡을 수가 없습니다."

"그 전투를 완벽한 승리로 끝내고 나서 우리도 드래곤을 잡으러 가자꾸나."

"과연 고명하신 생각입니다."

위드가 장기간 자리를 비워도 잘 돌아가는 아르펜 왕국에 대해서 사람들은 신기해했다.

"국왕이 없는데 여긴 왜 망하지도 않지?"

"그러게. 그냥 있으나 없으나 잘 돌아가네."

국왕이 나라를 방치하면 치안이 악화되고, 그러면 도적 떼가 들끓거나 주민들이 순식간에 떠나 버린다.

그렇지만 모라타와 바르고 성채 등의 치안은 물론 아주 좋았다. 상업이 발달한 지역치고는 좀도둑도 거의 없었는데, 경제적으로 대단한 부흥을 이루고 있었기 때문이다.

현재 아르펜 왕국의 영역은 거의 북부 전체로 확장되었다. 지역적으로 도시가 없는 늪지대나 깊은 산속이더라도 주민들은 아르펜 왕국에 경제적, 문화적으로 종속된 상태였다.

아르펜 왕국 소속의 모험가와 전사 들이 와서 몬스터들을 퇴치해 주고 의뢰를 해결해 준다. 그리고 상인들이 교역을 하고, 광부들은 광산을 개발했다.

곤경을 겪던 주민들로서는 고맙기 짝이 없는 일이었다.

또한 아르펜 왕국의 군대도 대대적으로 창설되어서, 적극적인 몬스터 퇴치 활동을 벌이면서 북부 전체를 영토로 얻어 낸 것이다.

출생률은 기적적으로 높아졌고, 북부의 넓은 땅에는 인간들만이 살아가는 것이 아니었으니…….

"취익!"

"여기는 집을 짓고 살 수 있겠다, 엄마. 취췻!"

"넓은 동굴을 구해야 된다, 췻. 안 그러면 누울 자리가 없다, 취취취익!"

동부에서 배를 타고 건너와서 북부에 번성하게 된 오크들!

그들은 바르고 성채 주변에서부터 정착을 했는데, 오크 유저들도 선택해서 시작할 수 있게 되었다.

어쩌면 하나같이 카리취를 닮아서, 인상은 거의 눈 뜨고 못 볼 수준이었다.

빨리 강해지고, 순식간에 번식하는 습성상 바르고 성채 주변의 영역은 오크들이 평정하였다.

까다롭고 거칠기 짝이 없는 몬스터가 있더라도 오크 2만 대군, 5만 대군이 덤벼드는데 어찌할 것인가.

던전 내부는 정복되지 않은 곳이 부지기수였으나 적어도 산맥 자체에서는 몬스터들이 대규모로 돌아다니지 못하게 되었다. 오크들에게 치를 떨면서 산맥 너머의 먼 곳으로 이주를 해 버린 것이다.

그리고 오크들은 바르고 성채 인근을 집 삼아서 계속 늘어났다.

"이게 사슴 다리 맛이냐, 취췻. 맛있다, 췩!"

불에 굽지도 않고 피가 뚝뚝 흐르는 다리를 먹으면서도 오크들은 특별한 맛을 느낄 수가 있었다.

야생의 멋과 맛에 듬뿍 빠져든 오크 유저들은 계속 늘어났다.

그리고 오크 성채는 오크들로 넘쳐 났다.

"비켜라. 나가야 된다, 취췻!"

"취취췻, 내가 먼저다!"

성채 밖으로 나가기 위한 오크들의 대기 행렬이, 마치 직장인들 출퇴근 시간의 꽉 막힌 도로처럼 보일 정도였다.

오크 유저 1명이 이끄는 새끼 오크들이 최소한 100마리 이상씩이다 보니 나중에는 성채가 미어터질 지경이 되었다.

"여긴 돼지우리다, 취췻."

"아, 그래서 우리가 오크인가 보다, 취치칙!"

오크 유저들은 식량도 구하고 사냥도 하기 위해서 각자 따로 살기로 결심했다.

안락한 오크 성채에 있으면 원하는 걸 얻기가 쉽다. 상인에게 질 나쁜 식량이라도 구입해서 새끼들에게 먹이면 무럭무럭 잘 자란다.

간혹 지나가던 새끼 오크를 보고 귀엽다고 머리를 쓰다듬어 줬더니 다다음 날에는 2미터 30센티의 거구로 자라나서

등장하는 경우도 있었다.

오크 가문을 형성하기에는 딱 좋았지만, 휘하 세력을 더 크게 늘리기 위해서는 더욱 강한 몬스터들이 출몰하는 넓은 사냥터로 떠나야 된다.

오크 유저들 중에서 오크 투사나 오크 용사로 성장하기를 바라는 비율은 극히 적었고, 대부분이 오크 로드를 꿈꾼다. 수만 마리, 수십만 마리의 오크들의 지도자가 되어서 부족을 이끄는 것이다.

"미개척지로 떠나자. 취취췻."

안정된 사냥터와 쉽게 얻을 수 있는 식량과 무기를 버리고, 오크들은 새끼들과 함께 북부의 더 험한 지역을 찾아서 이동했다.

사실 고레벨 유저들이 거의 없는 오크들에게는 이런 이동 자체가 삶과 죽음이 걸린 모험이었다.

하지만 잘 정착하기만 하면 수천 마리로 불어나게 되어서 부족을 거느릴 수가 있다.

오크들의 특성상 훌륭한 서식지를 확보하고 버텨 나가면 빠르게 강한 세력을 이루어 낼 수 있다.

더 위험한 장소를 찾아서 성채를 만들어 가는 오크들 때문에 아르펜 왕국의 지도는 매일 바뀌었고, 이제 오크 마을은 숫자를 헤아리기가 어려울 정도였다.

그렇지만 아르펜 왕국의 내정과 통치는 탄탄하게 돌아

갔다.

"못 보던 도로가 생겼네."

"응. 건축가들이 만들었어."

"저 강에 다리는 언제 연결된 거야?"

"몰라. 며칠 전부터 있던데."

"더 북쪽으로 모험을 떠납시다. 좋은 사냥터와 유적을 알아 뒀어요."

"보급 계획은 있어요?"

"전에는 황무지에 아무것도 없었지만, 아마 지금쯤이면 도시가 생겼을 겁니다."

어마어마한 토목공사 사업!

위대한 건축물마저도 이제는 국력을 기울여서 짓는 것이 아니라 지역 행사 정도로만 자리매김했다.

도시마다 인간, 드워프, 오크, 조인족, 바바리안 등의 인구가 폭발적으로 늘어나면서 상상을 초월하는 발전을 거듭했다.

"우리가 내는 세금으로 이런 게 다 가능해?"

"아르펜 왕국은 세금도 조금 걷잖아. 그럼 이게 다 국왕의 돈인가?"

"몰라. 부겐하임에도 예술 회관이 지어지고 있다는데, 예술품 89만 개를 소장하는 게 목표라더라."

"니플하임 제국의 수도 모드레드도 복원 작업이 이루어지

고 있다던데."

"도자기 마을도 지어지는 중인데, 벌써부터 손님들이 가득하단 얘기도 있어."

"진짜 말도 안 돼."

"우리가 이 시기에 북부에 있는 것이 다행이라고 생각돼. 만약 그게 아니라면 이렇게 빨리 변하는 모습은 보지를 못할 테니."

중앙 대륙의 패자가 하벤 제국으로 거의 결정되면서, 영토를 잃어버린 명문 길드들이 북부로 제법 많이 넘어왔다.

그들은 북부에서 새로운 영주가 되려는 시도는 하지 않았다. 북부의 유저들이 원하지 않았으며, 주민들은 무조건 아르펜 왕국 편을 들었기 때문이다.

독립된 마을을 세워 봐야 주민도 없을 테고, 그렇다고 어설프게 침략 전쟁을 벌여 봐야 100만 단위로 모여드는 북부 유저들에게 짓밟힐 운명일 뿐이다.

사실상 현실적인 이유로는 아르펜 왕국도 얼마 안 가서 하벤 제국에 잡아먹힐 것이란 생각이 있었기에, 얌전히 교역과 사냥에만 전념했다.

유저들의 질과 양이 계속 높아지고 늘어나면서 아르펜 왕국의 세금 수입은 무척 많아졌지만, 그렇다고 해도 지금의 지출을 감당하기란 어려운 수준.

사실 이 모든 것이 유저들의 복합적인 노력이 있기에 가능한 것이었다.

 상인들은 앞서서 부를 이끌었으며, 농부들은 곡물을 재배하여 재산을 일구었다.

 오랫동안 캐내지 않고 묵혀 놓은 은광, 금광 등이 광부들에 의하여 한꺼번에 세상에 나오기도 했다.

 모험가들은 쉬지 않고 돌아다니면서 폐허가 된 도시 유적에서 골동품과 보물 등을 발굴했다.

 재봉사, 대장장이 들은 갈수록 늘어나는 주문량을 맞추느라 쉴 틈이 없었다.

 조인족 초보들은 돈이 없으면 자기 털이라도 기꺼이 뽑아서 팔아 소비하며 작은 보탬이 되었다. 깃털은 아무리 많이 뽑아내도 얼마 후면 다시 자라나기 때문에 털 뽑힌 약병아리 신세가 되어도 희희낙락이었다.

 그리고 이 모든 세금은 아르펜 왕국의 수도인 대지의 궁전으로 모여서 금인이가 분배했다.

 과거 위드가 국왕이 되고 나서 가장 경계했던 건 다른 게 아니었다.

 "정치는 측근이나 혈연, 지연을 조심해야 돼."

 믿는 도끼에 발등 찍힌다는 말이 새삼스러울 것도 없는 시대에 살고 있다.

 그렇기에 권력을 독점하려고 금인이나 누렁이, 빙룡, 와이번들을 왕국의 요직들에 앉혀 놓았다.

독재 권력 앞에서 그들은 한동안 잠잠하였지만, 위드가 부재중인 사이에 본격적으로 자신들의 권한을 발휘했다.

"골골골. 황금이다, 황금!"

금인이는 세금으로 거둬지는 막대한 수입을, 필요한 곳이 있으면 바로바로 투자했다.

"돈은 묵혀 두면 안 된다. 골골!"

쌓아 놓고 저축하지 않는, 입금과 동시에 이루어지는 즉각적인 투자!

금인이는 북부 전체에 중요한 개발 사업들을 허가했다.

도시와 도로 건설 및 확장, 위대한 건축물 건립, 넓은 곡창 지역과 광산 개발, 치안을 확보하기 위한 군대 창설.

돈이 필요한 곳에는 남기지 않고 아낌없이 쏟아부었다.

"왕국에 남은 돈이 0골드다, 골골골. 오늘도 열심히 일했군, 골골."

위드는 조나스 성 인근에 있는 마폰 왕국과 베이너 왕국의 도시들을 마구 부쉈다.

엠비뉴 교단이 다가오고 있어서 시간이 촉박하기에 전일, 전이, 전삼에게도 병력을 6만씩 나눠 주었다.

"알겠지만 우리는 착한 놈들이 아니다."

"……."

"괜한 자비심이나 아량, 이런 건 전부 쓸데없는 짓이야. 이게 다 나를 위해… 아니, 우리 모두를 위하여 무조건 파괴하고 민간인들을 죽여라. 포로들도 마구 붙잡아. 명분 같은 건 생각하지도 마."

전일이는 그래도 아직 사악한 심성이나 파괴욕에 물들지 않았다.

"그래도 이건 너무 나쁜 짓 아닙니까?"

"다가올 큰 전쟁을 이기기 위해서는 반드시 해내야 해. 대륙 전체가 엠비뉴 교단에 의해 지배당할 위기에 휩싸여 있다. 세계를 구할 용사인 나만이 극복할 수 있지만, 지금으로써는 너무 어려워서 너희의 협조가 반드시 필요하다. 작은 희생을 두려워하면 평화를 지키지 못한다."

"알겠습니다."

세계를 구하는 용사라는 직업을 못된 짓 하기 위한 사기치는 데 써먹는 위드!

부하들은 절대적인 충성심을 가지고 있기에 좋은 일이든 나쁜 일이든 믿고 따른다.

위드는 훗날의 하벤 제국에 엿을 듬뿍 먹여 주기 위하여 도시의 기간 시설들을 마구 파괴했다.

"이곳은 매우 마음에 드는구나."

베이너 왕국 제2의 수도, 푸네스.

아름다운 수로들이 이어진 도시로서, 경치가 이만저만 훌륭한 게 아니었다. 배를 띄워서 물길을 타고 돌아다니다 보면 그림같이 아기자기하고 아름다운 풍경이 나타난다.

지금은 도시의 규모가 조금 더 작지만, 훗날 하벤 제국이 되고 난 이후에도 계속 남아 있는 도시였다.

"이런 곳에 별장이나 지어 놓고 살면 참 좋을 텐데."

삶의 여유와 휴식을 만끽하기 위함은 전혀 아니었다.

"틀림없이 나중에 땅값이 오를 만한 위치라서 부동산값 상승을 노려 볼 수 있을 텐데 말이야."

직속부대장인 전칠이 물었다.

"제가 보기에도 아름다운 도시인데……. 그러면 병사들에게 일러서 약탈을 하지 말고 그대로 놔두게 할까요?"

"할 건 해야지. 그리고 특별히 돌과 흙으로 수로를 다 막아라."

"그러면 갈 길을 잃어버린 물이 다 넘쳐 버릴 텐데요."

"정확히 봤다. 그걸 노린 것이다."

간악하기 짝이 없는 계획 수립에 있어서는 타의 추종을 불허하는 위드!

학창 시절에 공부를 다소 못한 편이기는 했다. 수학이나 영어 책을 보다 보면 지난밤에 분명히 충분히 잘 잤는데도 왜 그렇게 눈이 감기고 졸려 오는지 모를 일이었다.

그런데 나쁜 짓을 저지를 때만 되면 정신이 맑아지고 눈이 반짝반짝 빛났다. 졸음 따위는 단번에 달아나고, 흥미와 호기심이 마구마구 발동한다.

집중력 상승, 잡념 제거, 상상력 강화를 이끌어 주는 나쁜 짓!

"도시 안의 커다란 건물들도 무너뜨려 버려. 중앙에는 큰 동상도 세워 놓아라."

"옛, 알겠습니다."

주민들과 예술가들을 강제 동원하여 65미터에 달하는 청동상을 세우도록 지시했다.

대머리인 위드가 엄지손가락을 거꾸로 들고 있는 작품!

작품성은 거의 없지만, 폭군 위드가 이곳에 다녀간 기념은 되리라.

"이걸 본다면 약이 좀 오르겠지."

헤르메스 길드에서 분노하더라도 위드에게는 이제 상관없었다.

마폰 왕국과 베이너 왕국을 약탈하고 부순 것만으로도 철천지원수가 되어서 관계가 복원될 리가 없으니까.

"시간이 흐르면 도시들이 복구되는 것처럼 이 청동상이 미래의 시간대까지 남아 있을지도 모르고, 만약 보게 되더라도 또 어때. 나중 일은 나중에 생각해야지, 뭐."

약탈로 재물을 얻기는 하지만 당장 쓸 곳은 없었다.

필요한 것은 그냥 그때그때 강제로 몽땅 다 빼앗고, 성에

보관되어 있는 전투 장비들도 그대로 가로채서 사용한다. 돈 밖에 모르는 상인들을 통해서 필요한 전투 물자들을 풍부하게 장만해 놓았으니 굳이 필요한 행동은 아니었는데도 이제는 거의 의무적으로 약탈을 했다.

가장 중점에 둔 것은 강제징병이었다.

조나스 성 부근에 대대적인 병사 훈련장을 개설했다.

청년들은 모두 그곳에 넣어서 검과 방패를 다루는 훈련을 시켰다.

"엠비뉴 교단이 쳐들어오면 좋든 싫든 살기 위해서 싸워야 될 것이다."

병사들의 머릿수를 늘리기 위하여 주민들을 마구 잡아들였다.

"안 돼요. 저희 아버지를 놓아주세요. 어머니가 슬퍼하고 있어요."

아버지를 잡아가는 점령군의 다리를 붙잡고 매달리는, 예쁘게 생긴 아홉 살짜리 꼬마 아이.

뒤에는 크게 통곡을 하고 있는 어여쁜 아낙네도 있었다. 틀림없이 강제로 징병된 남자의 아내이리라.

지나가다 우연히 그 광경을 보게 된 위드는 마음 한구석이 찡하니 울렸다.

"여봐라."

"옛."

"저 아이를 이곳으로 데려와라."

병사들은 아이를 잡아서 끌고 왔다.

약탈을 일삼으면서 병사들도 잔인하기 짝이 없게 변해 있었다.

위드는 자상하게 말했다.

"아이야."

"아버지를 구해 주세요."

"세상에는 말이지, 들어줄 수 있는 부탁이 있고 들어줄 수 없는 부탁이 있어."

"아버지를 되돌려주세요."

"너희 아버지는 우리와 함께 세계의 평화를 위해 싸울 거란다."

"싫어요, 이 나쁜 놈아!"

위드는 이 대륙에서 가장 많은 악명을 쌓았다.

나쁜 짓은 엠비뉴 교단이 더 많이 저질렀을지도 모르지만, 그들은 어쨌든 숨겨져 있기 때문.

위드는 세계를 구해야 하는 용사로서의 막중한 책무를 느꼈다.

"영화를 봐도 영웅들은 항상 외롭고 쓸쓸하고 주변 사람들이 오해를 하더니, 내게도 똑같이 이런 일이 벌어지는군. 내가 잘해 나가고 있다는 증거겠지."

"이 곰팡이 같은 놈."

"그래. 이해한다, 어린 소녀여."
"반짝반짝 빛나는 대머리."
"인생을 검소하게 살았다는 증거자료라고나 할까."

욕을 먹는 정도로는 흔들리지 않는 정신적인 강함도 있었다.

엠비뉴 교단의 군대는 그리 멀지 않은 장소에 위치했는데도 진군이 예상외로 상당히 느렸다.

그들은 혼돈의 드래곤을 깨우고 탑이 완공될 때까지는 본격적으로 세상에 나오려 하지 않았다. 이른바 완벽함을 추구해야 한다는 대사제의 결정이었다.

대낮에는 광신도들과 마물들이 깊이 잠들었다. 한밤중에만, 그것도 비밀리에 산과 숲을 통해서만 움직이다 보니 진군은 천천히 이루어졌다.

저녁이 되면 위드는 그들의 영상을 원할 때마다 볼 수 있었는데, 계산해 보니 도착할 때까지 대략 16일 정도는 남은 듯했다.

도시와 마을을 거치지 않기 위해 일직선으로 오지 않고 멀리 돌아오는 탓도 있었다.

엠비뉴 교단은 위드와 사막 부대를 물리치고 그 자리에 있는 모든 이들을 죽이거나, 세뇌하거나, 혹은 붙잡아서 광신도로 만든다는 계획을 가지고 있었다.

"선택의 폭이 상당히 다양한 편이군."

덕분에 위드는 전쟁을 준비할 시간을 가졌다.

구체적인 전력이야 크게 변하지 않더라도 싸울 장소와 시간대를 대략적으로나마 정할 수 있다는 것도 대단히 큰 변수가 되리라.

지금까지 경험한 전쟁들과는 확실히 다르게, 엠비뉴 교단이 보유한 전력은 베르사 대륙 전체를 지배할 수 있을 정도였다.

그렇지만 위드나 부하들의 능력도 만만치 않다.

진정한 대륙 최강의 전력을 겨루는 자리가 될 것이었다.

"엠비뉴 교단이 다가오고 있으니 우리에게 협력하시오."

"허튼소리! 군대를 신전 밖으로 내보내게. 군신 아트록을 모독할 셈인가?"

위드는 마폰 왕국과 베이너 왕국의 각 교단에도 군대를 보내서 협조를 요청했다.

웬만하면 그들이 얌전히 말을 듣는 쪽이 좋겠지만, 수틀리면 강압적으로라도 사제들을 데려오기 위하여 미리 충분한 병력을 보냈다.

아트록의 교단은 베이너 왕국에 있어서, 위드가 직접 친위대를 이끌고 찾아갔다.

"우리는 엠비뉴 교단과 맞서서 싸워야 하오."

"거짓말하지 마라. 사막을 떠나 기름진 이 땅을 차지하기 위한 너의 추악한 음모는 이미 다 알고 있다."

아트록의 신전에서는 전투가 벌어지기 직전의, 일촉즉발의 상황까지 갔다.

거듭된 정복 전쟁과 악명으로 평판이 아주 떨어져 있었기 때문이다.

군신의 신전이기 때문에 전투 사제들도 능력이 아주 뛰어났다. 물론 전투가 벌어지면 위드와 사막 전사들에 의해서 순식간에 목이 날아갈 테지만.

"내 말이 거짓말이 아니라는 것은 군신 아트록의 축복을 받고 있다는 것으로 충분히 증명을 할 수 있겠지. 이런 식으로 쓰려면 다소 민망하지만… 함께 싸우자!"

위드는 신전 내부에서 아트록의 함성을 터트렸다.

-절대적인 카리스마를 뿜어내서 군대를 따르게 합니다.
통솔력을 강화해서 어떤 명령이라도 당장 수행하게 만듭니다.
병사들의 용기가 충만해집니다. 어떤 상황에서도 겁을 모르게 될 것입니다.
병사들이 혼란에 빠지지 않고 냉정해집니다.
전투가 벌어지는 동안은 충성도가 높게 유지되어, 배신하거나 달아나는 일이 발생하지 않습니다.
병사들이 전투를 마치고 나서 얻는 경험을 크게 늘립니다.

아트록의 함성은 스킬로 배울 수 있는 것이 아니라 신의

축복에 의해서만 부여되는 것이었다.

"신께서 직접 축복을 내리신 분이라니… 엠비뉴 교단은 우리에게도 적. 사실이라면 함께 싸우도록 하겠소."

순식간에 상황이 반전되어 아트록의 전투 사제들의 협력을 얻을 수가 있었다.

이런 식으로 아트록을 비롯해서 티르, 미네, 루, 프레야, 호르간, 하갈 등 7개의 교단으로부터 성기사들과 사제들을 지원받았다.

멀리 있는 다른 왕국들에는 도움을 청하지 못했고, 들모레 요새로 막혀 있어서 베이너 왕국의 수도에도 들어가지 못했다. 그러므로 될 수 있는 한 싹싹 끌어모은 것이다.

호르간이라는 신은 바바리안을 수호한다. 그들의 신전에서는 200여 명의 전투 바바리안들을 데려왔는데, 이들이야말로 괜찮은 워리어!

방어 능력만 놓고 본다면 사막 전사들과도 비견될 만했다.

어디에 던져 놓아도, 크게 전투 공적을 세우진 못하더라도 오래 버틸 수는 있다.

하갈은 다소 사이비 같은 교단의 계열로 주술과 번개를 다루는데, 나중에는 없어진 교단이다.

위드가 북부에 신들의 조각을 했을 당시에도 하갈은 없었고, 네 종족이 살아가던 최초의 장소 몽벨트룰리아를 발견했을 때에도 그 신의 흔적에 대해서는 찾아내지 못했다.

여러 방면에 뛰어난 마법사가 스스로 교단을 세운 경우로, 전쟁의 시대에만 잠깐 존재하다가 사라져 버린 것이다.

근처에 도착하자마자 하갈 교단은 곧바로 뛰쳐나와서 합류를 했다.

"하갈 신께서 강림하여 그대들과 싸우라고 했습니다."

"어? 뭐, 그렇습니까."

"엠비뉴 교단을 물리치는 데 우리의 하갈 교단이 빠질 수 없지요."

명성을 높이기 위해 알아서 협력을 하는 그들.

어쩌면 이 선택으로 인해서 멸망이 훨씬 빨라질 수도 있을 것이리라.

그리고 위드는 정말 예상치 못했던 방문자를 맞이했다.

날짜로 본다면 그와 헤어진 지 며칠 되지 않지만, 베르사 대륙의 시간으로는 긴 세월이 지났다.

조각술 마스터 자하브가 말을 타고 진영에 찾아온 것이다.

"포르투 왕성에서 헤어지고 나서도 살아 있었군. 혹시나 했지만 소문을 듣고 찾아와 봤네."

"예. 자하브 님도 생존해 계셨군요."

위드도 자하브를 다시 보게 될 줄은 몰랐다.

사실 어디 가서 객사하지 않더라도 본래 나이가 상당히 많았던 탓이다.

이미 베르사 대륙의 시간 22년이 지나서인지 그의 머리는 완전히 백발로 변해 있었다. 하지만 눈빛은 더 맑아지고 체격도 여전히 건장했다.

"이 대군을 이끌고 나타나다니, 그동안 엄청난 변화가 있었군."

"저야 조금 고생을 했지요. 자하브 님은 어디에서 무엇을 하고 계셨는지요?"

위드는 우선 정중하게 자하브를 대했다.

자기 자신의 레벨로 보나 군대의 규모로 보나 과거처럼 자하브가 대단하게 여겨지진 않았지만, 어찌 되었든 부려 먹을 수 있는 대상.

"그때 자네와 함께 탈출하고 나서 세상을 돌아다니게 되었지. 이 세계는 정말로 형편없다는 걸 느꼈네."

"어떤 면에서요?"

"정의가 사라지고 예술이 무시당하는 시대. 나는 잘못된 현실을 바로잡기 위해서 싸우고 싶었지만, 내 힘의 한계만 깨닫게 되었다네. 약한 자들을 마음대로 도울 수도 없었지."

자하브가 굉장한 강자라고는 하지만, 전쟁의 시대에서 홀로 무적이 되어서 돌아다니진 못했을 것이다.

모든 국가의 역량이 전쟁에 맞춰져 있어서 군사력이나 평균적인 강함이 이만저만이 아니다. 왕족 하나 잘못 건드리면 군대의 추격을 받아서, 검술의 마스터라고 해도 목이 잘릴 수 있다.

"그래도 사람들을 돕고 뜻이 맞는 재능 있는 이들을 모아서 검술과 조각술을 가르쳤네."

"아, 그러셨군요. 몇 명이나 되는지요?"

"100명이 조금 안 되네. 그렇지만 실력만큼은 믿음직하지."

위드는 차라리 검술만 가르치는 편이 더 좋았을 텐데 아깝다고 생각했다.

어쨌든 자하브의 가세는 도움이 되면 되었지 해가 되지는 않으리라.

위드는 목소리를 착 깔았다.

전형적으로 음모를 꾸미는 듯한 목소리, 혹은 간사하게 아첨할 때의 음성이었다.

"실은, 드릴 말씀이 있습니다."

"무엇인가?"

"다른 사람들에게는 절대 알려 주지 않으려고 했지만… 자하브 님이라면 믿고 말씀드릴 수 있겠죠. 이 세계에도 엠비뉴 교단이 숨어 있다는 걸 알고 계십니까?"

"뭐라고!"

자하브는 순정을 간직한 남자였다.

평생 첫사랑 이베인 왕비를 잊지 못했고, 그 외에는 검과 예술밖에 모른다.

이런 종류의 인간이야말로 이용해 먹기에는 가장 쉬운 대상.

"훗날의 엠비뉴 교단보다도 훨씬 더 강대합니다. 아예 비교조차 되지 않을 정도죠. 지금까지 제가 벌여 온 모든 전투는 그 엠비뉴 교단을 막기 위해서였습니다."

음모를 꾸밀 때의 전형적인 패턴으로, 자기는 훌륭한 사람이라는 점을 자랑하기!

"저는 이베인 왕비님만 생각하면 안타깝고 그립습니다. 이 땅의 정의를 지키기 위해, 그리고 왕비님을 위해서라도 홀로 외롭게 엠비뉴 교단과 싸우고 있습니다. 자하브 님에게 강요는 하지 않겠습니다만… 저와 함께 싸우시겠습니까?"

위드는 자하브에게 손을 내밀었다.

여기서 거절한다면 자하브는 정의도 모르고, 첫사랑인 이베인 왕비도 배신한 채 안락한 삶을 추구하는 이가 되어 버리고 말 것이다.

역시 예상대로, 자하브는 힘차게 그 손을 마주 잡아 왔다.

"기꺼이 싸우겠네."

대머리가 된 위드가 활짝 웃었다.

이것으로 노인이 된 자하브의 등골까지 빼먹을 수 있게 되었으므로.

북부로 가는 파이톤

조나스의 대장장이들은 말살의 불도마뱀 왕의 뿔과 가죽을 가공하기로 결심했다.

"우리의 손으로 만들어 내지 못한다면 평생을 후회하며 살아가게 될 것이네."

"다 완성하고 나서 꼭 넘겨줄 필요도 없고 말이야."

"악당에게 줄 바에야 차라리 만든 이후에 숨기거나 폐기 처분하는 편이 낫지."

꿍꿍이를 품고 작업에 돌입하여, 드워프들이 주축이 되어 성의를 다했다.

말살의 불도마뱀 왕의 뿔은 보통의 강도가 아니라서 다이아몬드로도 흠집을 내기가 어려웠다.

"세상에 이런 물질이 존재하는 줄은 몰랐군."
"모롤핸드, 이제부터 시작이네."
"암! 우리 드워프들에게 포기란 없지."
어려움에 맞닥뜨릴수록 드워프들은 신바람이 났다. 위드에게 줘야 하는 물건이라는 것도 잊어버린 채로 뿔 자체에만 집중했다.
가죽은 인간들이 맡았다.
그들은 재봉을 하기 전에 실험용으로 가죽의 일부를 떼어 내기 위해서 장검을 열네 자루나 버려야 했다.
검으로 베려고 해도 잘 베이지가 않았고, 마법검도 효과가 없었다. 냉기를 간직한 마법검은 가죽에 가져다 대기만 해도 무력화되어 버렸다.
"대충 잘라서 이어 붙이기만 하더라도 완벽한 작품이 될 것 같아. 기사들의 갑옷을 수십 배는 능가할 물건이 될 것이네."
"부드러우면서 감촉도 좋은데 마법 방어까지 되다니, 이런 몬스터를 사냥하는 게 과연 가능한 것인가?"
대장장이들과 재봉사들은 가죽의 질만 보고도 몬스터가 얼마나 강대했을지 충분히 상상할 수 있었다.
그런 몬스터를 사냥하는 데 성공한 위드의 능력에 대해서는 놀라움으로밖에 표현이 되지 않았다.
그렇게 가죽과 뿔을 가지고 씨름하던 중 위드와 사막의 전

사들이 베이너 왕국의 동맹군들을 무찌르자, 얌전히 검과 갑옷을 바치기로 결심했다.

그들이 만드는 물품들이 베이너 왕국에 특별히 더 피해를 줄 것 같지도 않다. 더군다나 앞으로의 전쟁은 엠비뉴 교단과 벌인다고 한다.

"엠비뉴 교단이 뭐야?"

"몰라. 하지만 이 세계를 파괴하려고 한다는군. 그리고 저 자는 이 세계를 구할 수 있는 용사라는데."

"그 말을 어떻게 믿어?"

"타거핸드가 꿈을 꾸었는데, 헤스티아 신께서 나타나서 말해 줬다던데."

"드워프의 꿈이라면 진짜겠군."

위드는 불과 화로를 관장하는 헤스티아 여신과도 인연이 깊었다.

모라타에는 헤스티아의 대장간이라는 위대한 건축물을 지어 놓고, 교단에도 상당한 헌금을 하고 있다.

헤스티아 여신은 분명히 존재하고 이 땅에 많은 영향을 끼칠 수 있는데도 의외로 따르는 자들이 적었다.

마법사들은 화염 계열을 익히더라도 신앙심보다는 마도학을 파고들기 마련이다. 대장장이들은 불보다는 아무래도 광물의 신을 더 많이 따랐으며, 드워프들은 어떤 신도 숭배하진 않는다.

신이 있든 말든 무슨 상관이냐, 난 오늘 맥주나 실컷 마시고 코 골면서 잘 거라는 속편한 성격 때문이었다.
　세계를 구하는 용사는 단 1명으로, 그렇지 않아도 많은 신들의 관심을 받는다.
　헤스티아는 그로 인해 위드에게 약간의 도움을 준 것이었다.
　드워프들은 말살의 불도마뱀 뿔에 대해서 정말로 처치 곤란의 상황에 놓였다.
　"도무지 이걸 어떤 식으로 가공을 해야 할지 모르겠군. 흠집도 낼 수가 없는데 말이야."
　"원형을 그대로 놔두고 손잡이라도 붙여서 쓰면 나으려나?"
　"길이가 5미터가 넘어가는데… 그건 너무 커서 불편하고 아름답지도 않잖은가."
　"어떻게든 이걸 한번 깎아서 제대로 가공해 보세. 드워프들의 자존심을 걸고 말이야."
　조나스의 드워프 대장장이 100명이 달라붙었다.
　사실 손잡이만 달아 주더라도 위드에게는 그럭저럭 쓸 만할 것이다.
　검술의 마스터에 이른 이상 무기의 형태는 그리 중요하지 않다. 기본적으로 마나를 뿜어내어 원거리 타격을 할 수 있고, 또 자잘한 적들은 넘쳐 나는 힘으로 그냥 두들겨 패면 된다.
　조각 변신술을 활용한다면 몸을 오우거보다 더 큰 거구로

바꿀 수도 있었고, 그런 육체를 유지하기 위한 힘과 민첩도 충분한 상태였다.

조각 파괴술까지 써서 보완한다면 원형 그대로라도 뿔을 얼마든지 쓸 수 있는 것이다.

그러나 자존심까지 건 드워프 대장장이들은 포기하지 않았다.

수많은 방법들을 사용해 봤지만 물리적으로 자르거나 깨뜨리는 것은 불가능했다.

"최후의 방법으로, 화로에 넣어 보세."

"그래도 될까? 녹아 버리기라도 한다면······."

"이 정도의 강도라면 녹진 않을 거야. 다른 방법도 없으니 일부라도 시도를 해 보는 게 어떻겠는가?"

"조금만 해 보도록 하지!"

중앙의 긴 뿔이 있고, 좌우로 작은 뿔들이 하나씩 더 있다.

드워프 대장장이들은 작은 뿔의 끝부분을 화로에 넣어서 시험을 해 보기로 했다.

"자, 시작하네. 무슨 사고라도 벌어지면 당장 빼도록 하자고."

"으음, 잘되어야 할 텐데."

드워프들의 손에 의해, 말살의 불도마뱀 왕의 뿔이 강철도 녹일 정도로 불길이 활활 타오르는 화로에 들어갔다.

그렇지만 뿔은 조금의 반응도 없었다.

"모롤핸드, 이 정도로는 약한 것 같으니 화력을 더 크게 올려 보세."

화로에 나무를 던져 넣고 풀무질을 하면서 화력을 강화했다.

그러자 화로에 변화가 생겨났다. 말살의 불도마뱀 왕의 뿔이 새하얀 빛을 내기 시작하더니 불길을 먹어 치운 것이다.

"뭔가?"

"모르겠어. 어쨌든 계속 불을 때 봐!"

불의 기운을 흡수하는 뿔에 의해 화로가 꺼졌다.

드워프들은 계속 새로운 불길을 피웠다.

그러나 아무리 크고 강한 불이라도 금세 꺼져 버렸다.

한번 작업에 몰두하면 끝을 보려고 하는 드워프들은, 계속 불을 피웠다.

위드가 조나스 성에 와서 대장장이들과 재봉사를 불렀을 때, 그들은 거의 초주검 상태였다.

"물건들은?"

"여기 있습니다."

인간들이 먼저 가죽으로 된 갑옷을 바쳤다. 재질은 가죽이지만 강철 갑옷처럼 탄탄한 구조였다.

붉은 가죽의 촉감은 비단을 만지는 것처럼 부드럽고 따스했다. 손에 들어도 무게가 별로 느껴지지 않을 만큼 가볍기까지 했다.
"음."
디자인도 위드의 마음에 들었다. 시장에서 대충 옷을 고르다가 백화점 명품 매장에 들른 듯한 느낌!
아무리 시장 옷의 품질이 괜찮다고 해도, 사실상 비싸기 짝이 없는 백화점 명품 브랜드보다야 부족한 부분들이 제법 있지 않은가.
그런데 인간 재봉사들이 정성 들여서 만든 이 갑옷에는 어떠한 결점도 눈에 띄지 않았다.
위드도 재봉 스킬을 익히고 있었기에 애써 흠을 찾아보려고 했지만 발견되지 않을 정도였다.
금조개 껍데기로 만든 단추와 구석까지 꼼꼼하게 보풀 없이 마무리된 박음질.
그렇지만 위드는 조금도 만족스러운 표정을 짓지 않았다.
재봉사들이 눈치를 보며 말했다.
"가죽의 무늬는 열을 가하면 드러날 것이옵니다."
"흠, 그런가?"
위드는 시간을 오래 끌지 않고 바로 갑옷의 정보를 확인해 보기로 했다.
만약 겉으로만 멀쩡하고 드러나지 않은 불량이 있다면 재봉사들은 바로 죽은 목숨이었다.

"감정!"

정복자를 위한 존엄한 가죽 갑옷 : 내구력 189/189. 방어력 195.
말살의 불도마뱀 왕의 가죽으로 만든 갑옷.
조나스의 재봉사들이 목숨을 걸고 만든 세기의 명품이다.
전쟁의 시대에 완성된 가장 훌륭한 갑옷으로, 너무나도 귀한 재료들로 완성되었으며 갑옷의 내부는 천연 리넨 실로 연결되어 재봉선이 몸에 닿지 않도록 처리되었다.
특별한 맞춤옷으로, 자격이 있는 자만이 입을 수 있다.

제한 : 레벨 790.
　　　왕이나 그에 버금가는 지위.

옵션 : 화염 저항 89%.
　　　물리적 피해 감소 91%.
　　　모든 무기로부터 피해를 최소화함.
　　　힘 +130.
　　　민첩 31%를 추가함.
　　　생명력과 마나의 최대치 22% 증가.
　　　최고의 카리스마와 위엄.
　　　화살이 꽂히지 않음.
　　　높은 마법 보호력을 가짐.
　　　불을 다루는 능력 +3.
　　　화염 계열의 직업에 마나 회복 속도 증가.
　　　사용한 마나를 67%까지 다시 회수.
　　　어두움을 물리친다.

"으음."

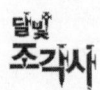

그 어떤 말도 필요 없이, 감동밖에 나오지 않는 상태의 갑옷이었다.

위드의 전투 능력과 방어력은 이미 엄청났지만, 여기에 날개를 단 격이었다.

특히 맞춤옷이라고는 중학교를 다닐 때 외에는 입어 본 적도 없지 않은가.

위드가 전투 중에 스킬을 활용하기 시작하면 불의 기운을 마구 방출하게 되리라. 그러면서 화려하게 드러나는 갑옷의 무늬들은 더욱 우아함을 안겨다 주리라.

아무리 옷에 대해 관심이 없더라도 좋은 갑옷을 입고 있다 보면 기분도 덩달아 좋아지기 마련이다.

"그럭저럭 쓸 만은 하군. 수고했다."

"감사하옵니다."

"여봐라, 이 인간들에게 포상금을 내려라."

"얼마나 줄까요?"

위드는 기분이 좋아서 외치다가 순간 멈칫했다. 그러고 나서 작은 목소리로 말했다.

"200골드를 주도록 해라."

"옛!"

흘린 땀과 노력에 비해 인건비에 대해서는 인색하기 짝이 없는 사장님 정신!

재봉사들은 생명을 건진 것만으로도 다행이라고 여겼으니

불만을 표시하지는 않았다.

기품이나 명성이 있었다면 그에 대해서 따졌을 수도 있지만, 악명이 다른 모든 걸 압도하는 처지라서 당연하게 받아들였다.

이미 단기간에 쌓은 악명만으로 대륙 최고, 인간으로서는 가히 경쟁자가 없을 정도였다.

위드는 존엄한 가죽 갑옷을 착용했다.

완벽하게 벗겨져서 반짝반짝 빛나는 대머리에, 잔인하고 야비하며 치사하고 지독하게 쪼잔하다는 인상을 심어 주는 쭉 찢어진 눈매. 그러나 옷이 워낙에 좋아서 그럭저럭 잘 어울렸다.

"그러면 너희는 무엇을 만들어 왔는지 보도록 하자."

이번에는 드워프들의 차례.

드워프들에게는 기대치가 높았으므로 어중간한 물품이 나온다면 몽땅 때려죽일 작정이었다.

"우리는… 흠, 말보다는 일단 직접 보시구려."

드워프 모롤핸드가 별다른 말 없이 조금 특이하게 생긴 검 세 자루를 가져왔다. 위드의 주문에 맞춰서 서로 연결할 수 있도록 만들어진 검이었다.

안타까움 때문인지, 무기를 넘겨주는 드워프들의 손이 부르르 떨렸다.

'괜찮아 보이는군.'

겉으로 보기에도 보통의 색채가 아니었다.

햇빛을 받으니 무기로 쓰기가 아까울 정도로 오색찬란한 빛깔을 낸다. 다이아몬드 덩어리로 만든 창과 검처럼 맑은 광채를 뿜어냈다.

드워프가 작품에 대해서 설명했다.

"초고열을 가해서 열을 흡수한 그 순간에만 가공을 할 수 있었소. 물론 깎아 내거나 한 건 아니고, 오히려 망치로 두들겼지. 강하게 두들길수록 조금씩 크기가 줄어들었는데, 그럴수록 더 뛰어난 강도를 갖게 되고 마나를 흘렸을 때 화염을 증폭시키는 능력이 올라가는 것 아니겠소? 지금의 형태는 최소로 줄여서 검으로 만든 것이오. 어지간한 힘으로는 불가능하여 우리 드워프들이 모두 탈진하도록 노력을 했소."

말살의 불도마뱀의 뿔을 가공할 수 있는 비밀은 열을 가하는 것이었다.

드워프 모롤핸드의 입을 통해 나온 설명은 간략했지만, 실제로 드워프들이 한 일은 보통의 수고로움으로는 표현할 수 없는 것이었다.

땀을 흘리며 불을 지피고, 천부적인 팔 힘을 타고난 드워프 대장장이들이 일을 마치고 나서 단체로 쓰러졌을 정도로, 뿔의 형태를 바꾸는 건 어려운 일이었다.

검의 날을 연마하느라 조나스에 있던 망치 2,000개를 내다 버려야 했을 정도로 고된 작업이었다.

드워프들이 아니고서야 감히 엄두도 내지 못했을 일.
대장장이들이 몽땅 달려들어서 혼신을 다해 협력하여 만들어 낸 작품!
"어, 그렇군."
그러나 듣는 위드는 모롤핸드가 드워프치고는 참 말이 많다고 생각했다. 작품이 마음에 들지 않는다면 저 드워프의 발언은 유언이 될 것이라고 생각하며 상태를 확인했다.
"감정!"

―감정에 실패하셨습니다.

얼마나 뛰어난 무기인지, 감정에도 실패했다.
보통 마법에 의해 숨겨져 있는 경우에는 감정에 계속 실패하게 된다. 솜씨가 좋은 마법사만이 봉인을 풀어서 확인할 수 있다.
일반적인 물건이라 해도 평소에 확인해 보지 않은 종류나 예술품, 혹은 기존의 것들에 비해서 너무 뛰어난 것들일 경우라면 처음에는 감정에 실패하게 된다.
특이한 물품들을 감정하거나 감상하면 스탯이 오르는 것도, 극히 드물지만 가끔 일어나는 일이었다.
위드의 입가가 아주 가늘게 찢어졌다.
"감정!"

말살의 검 : 내구력 204/204. 공격력 175~226.
말살의 불도마뱀 왕의 뿔로 만든 검.
화염의 정수를 간직한 뿔을 드워프 대장장이들이 검으로 가공했다.
당장 대륙의 보물로 지정해도 좋을 정도로 아름다운 검.
아무나 이 검을 사용할 수는 없지만, 제대로 된 주인을 만난다면 믿기 어려운 능력을 발휘할 것이다.
제한 : 레벨 815 이상.
　　　불에 대한 저항력 100%.
　　　힘 2,000.
　　　말살의 불도마뱀 왕의 심장을 먹은 자.
예술적 가치 : 5,386.
옵션 : 매우 가벼움.
　　　검을 휘둘러도 지치지 않음.
　　　힘 +20%.
　　　예술 +155.
　　　전투 명성을 최고 수준으로 증가시킴.
　　　무기 약화 저주에 대한 아주 강력한 내성.
　　　수리 불가능.
　　　더 강한 반대 속성과 마주치지 않는 한 내구도가 줄어들지 않음.
　　　화염을 간직한 속성으로 인해 적의 무기와 방어구를 녹이고, 피부에 닿으면 일정 확률로 '전소'시키는 효과를 가진다.
　　　화염 저항력이 20% 이하인 적은 100% 확률로 불에 타게 됨.
　　　화염 계열의 공격 범위를 3배 이상 확장함.
　　　불의 힘을 100% 증폭시킬 수 있다.

"음!"

위드는 내용을 몇 번이고 확인했다.

로또에 당첨된 사람이 종이에 적혀 있는 번호를 자꾸만 보는 것과 마찬가지의 심정이었다.
 이 무기만 있다면 정말 원하는 대로 싸워 볼 수 있으리라. 마치 맨발로 뛰던 축구 선수에게 최고의 축구화가 주어진 것과도 같았다.
 레벨 제한도, 지금 현재의 위드라야 간신히 무장할 수 있을 정도로 아슬아슬했다.
 그러다가 문득 드는 생각.
 '원래의 세계로 돌아간다면 이 무기도 사라지게 되겠지. 마음껏 쓸 수 있는 것도 당분간인 거야.'
 갑자기 굳어 버리는 위드의 표정!
 눈가가 파르르 떨리더니 입까지 동시에 실룩였다.
 "빛 좋은 개살구로군."
 위드가 화를 내자 드워프들은 겁에 질려서 꼼짝도 하지 못했다.
 "여봐라."
 "예!"
 "이 드워프들이 수고했으니 30골드를 줘라."
 드워프들은 밤을 새우면서 제대로 쉬지도 못하고 최고의 무기를 만들어 준 대가로 고작 30골드를 받게 되었다.
 위드의 악명이 또 늘어나게 된 순간이었다.

엠비뉴 교단의 진군!

그들이 다가오고 있기에 위드는 그동안 항복한 귀족들의 군대와 포로로 붙잡은 병사들을 조나스 성 앞에 모이도록 했다.

강제로 징집한 병사들까지 합하니 무려 65만이 넘는 대군이었다.

위드와 사막 전사들, 사막 용병들의 실력이야 워낙에 압도적으로 뛰어났지만, 나머지 병사들은 그냥 그런 수준이었다.

전쟁의 시대였기에 패잔병들과 귀족들의 병사도 보통보다는 수준이 높다. 전쟁터를 전전한 징집병들도 약간의 실력이야 갖추게 되었지만, 그렇다고 크게 기대할 수 있는 병력은 아니었다.

그 외에 30만 명 정도는 그냥 검만 들고 있을 뿐이라고 해도 될 정도였다.

"엠비뉴 교단에 먹잇감으로 던져 줄 수는 있겠군."

위드는 전쟁의 핵심적인 역할은 자기 자신과 사막 전사들이 할 수밖에 없다고 진작부터 계획하고 있었다.

강한 무력을 갖추었고, 전투를 지휘할 수 있는 자리에 있다. 그렇다면 기꺼이 희생양들을 던져 주면서 유리한 쪽으로 이끌어 가야 했다.

야비한 전투법이야 수없이 많은 전쟁을 이끌면서 그 효율이 이미 확실하게 증명이 된 바이다.

"근데 오래 버텨 주지는 못할 텐데."

위드는 조나스 성의 궁수 탑에서 평원을 내려다보았다.

65만이라는 엄청난 군대가 모여 있는데도 다들 불안하고 두려워하고 있었다.

훈련도가 그렇게 높지 않고, 패잔병에다 시민들을 강제로 끌고 와 만들어 낸 병력이기 때문에 사기가 좋지 않았다.

엠비뉴 교단의 주술, 세뇌, 현혹, 저주, 자살 충동 등을 얼마나 버틸 수 있을지는 전혀 미지수.

현재의 위드가 보기에는 값싼 불량 식품 같은 군대였다.

"최소한 마녀들의 마나라도 소모하게 해 주긴 하겠지만 무너지는 건 금방이겠군. 수가 많다고 해서 무조건 좋은 건 아니야. 잘못하면 사막 군단의 발목을 잡을 수도 있겠어."

조나스 성의 성벽을 이용하여 엠비뉴 교단을 막는다는 계획은 폐기했다. 이곳보다도 훨씬 더 좋은 전투 장소를 발견했기 때문이다.

마폰 왕국과 베이너 왕국군이 퇴각한 들모레 요새!

들모레 요새를 사이에 두고 엠비뉴 교단과 전투를 벌이는 것이다.

당연히 노림수는, 마폰 왕국과 베이너 왕국군도 전쟁에 억지로 끌어들여서 몽땅 싸우게 하는 것이었다.

엠비뉴 교단의 군대도 분산시키고 두 왕국도 확실히 망하게 하는 일석이조의 계획.

"전략이란 이런 것이지."

위드는 스스로의 계획에 대해서 완벽하게 만족했다.

과거 전쟁 영웅들도 아마 이와 비슷한 계획을 세우지 않았을까.

음흉하고 얍삽하며 비열한 작전을 세워 성공시켜 내는, 상대가 알면서도 어쩔 수 없이 당하게 하는 뒤통수치기야말로 거듭 찬사를 받아 마땅한 희대의 전략이었다.

특히 엠비뉴 교단과 함께 마폰 왕국과 베이너 왕국이 철저하게 박살이 난다면 최고의 소화제가 따로 없으리라.

"모두 이동하라."

위드의 명령에 따라 군대가 들모레 요새를 향해 진군을 개시했다.

보급을 위한 마차들도 끝이 보이지 않을 정도로 움직였다.

장기전에 대비를 한다기보다는 일단 약탈한 재물과 전쟁 물자는 모조리 싣고 가는 것이었다.

조나스 성에 있는 인간들과 드워프들은 성벽 위에 올라서 군대가 떠나는 것을 지켜보았다.

"정말 우리를 살려 주는군."

"음, 비록 악명은 높지만 약속은 철저히 지키는 인간이었어."

그들이 위드에 대해 이렇게 약간의 칭찬을 하고 있을 무렵, 조나스 성에서 흰 연기가 피어올랐다.

"불이야!"

"성이 불타고 있다!"

조나스 성의 창문 밖으로 화염이 넘실거렸다.

불은 무섭도록 빠르게 번져서, 곧이어 성 전체가 화염에 휩싸였다.

성뿐만이 아니라 도시 곳곳에서도 화재가 일어났다.

"물을 가져와서 불을 꺼라!"

"안 돼. 우물이 막혔어!"

불은 꺼지지 않고 도시 전체로 퍼져 나갔다.

위드는 뒷정리를 확실히 해 놓고 떠난 것이었다.

재봉사 드라고어.

인형 눈 붙이기, 단추 꿰기, 옷 나눠 주기를 성공적으로 마친 그는 마스터 퀘스트의 새로운 임무를 받았다.

"백색의 웨딩드레스라… 재봉사로서 반드시 도전해 보고 싶은 분야였지."

가장 아름다워야 하는 신부의 드레스. 재봉사의 명성을 날리기에는 매우 좋다.

중앙 대륙이 지금처럼 격렬한 전쟁에 휩싸이기 전에는 재봉과 관련된 일거리들이 매우 많았다. 부유한 상인과 귀족들, 왕족들의 요청에 의해서 파티를 위한 드레스 등을 많이 만들었던 것이다.

고위 귀족의 드레스를 재단해 주면서 이익도 많이 남겼다.

드라고어는 드레스 분야에 있어서는 이미 경험도 많은 장인이었다.

"순수한 아름다움의 절정에 이른 드레스를 만들어 보이겠어."

모라타에서 최고급 천을 가져오고, 근처의 대장간에서 수정을 대량으로 사 왔다.

"수정 알갱이들을 옷에 붙이는 거야."

과거였다면 적당히 포인트만 주었을 테지만 아무래도 특별한 퀘스트를 진행하는 중이다 보니 드레스 전체에 1만 개의 수정 알갱이를 붙이는 엄청난 작업을 시도했다.

바느질도 엉성하게 하지 않고 평생 입을 옷처럼 튼튼하게 한 땀 한 땀 짜 맞췄다.

그러면서 느끼는 재봉사로서의 감정이 있었다.

"괜히 재봉사를 한다고 했어."

드라고어는 다른 직업들이 진심으로 부러웠다.

그렇지만 마스터 퀘스트 외에도 그에게는 주문량이 밀려들고 있었기에 쉴 수가 없었다.

북부에는 경쟁자 카드모스도 있었지만 고레벨 유저들이 부쩍 늘어나서 가죽 갑옷, 부츠 등은 계속 부족했다.

　농부 미레타스의 땅은 순수 면적만 아르펜 왕국의 3%를 차지할 정도로 거대했다. 엄청난 수확을 거두고 그 이후로 땅을 사는 데 계속 투자를 했기 때문이다.
　넓고 평탄한 곡창지대에서는 곡식들이 여물어 가고 있었으며, 땅에 포함된 언덕과 산에서는 약초들이 자라났다.
　농부 미레타스는 황금의 손이라는 별명으로도 알려져 있었는데, 그가 곡식을 뿌리기만 하면 잘 자라서 엄청난 돈을 벌어다 주기 때문이었다.
　그러나 요즘 미레타스는 허리가 끊어질 것 같았다.
　"이놈의 농사일은 끝이 보이지 않네."
　자갈과 바위를 파내고 곡창지대를 조성한 것까지는 좋았지만, 그 넓은 지역을 관리해야 한다.
　가뭄이라도 들면 큰일이기에 물을 저장할 수 있는 저수지를 만들고, 농수로를 연결한다.
　이것만 하더라도 하루 종일이 모자랄 지경이었는데 메뚜기 떼나 조인족들도 경계해야 했다.
　미레타스가 하는 일을 보고 있으면 농부가 한 알의 곡식을 여물게 하기 위해서는 얼마나 많은 욕을 하는지 알 수가 있었다.

"시간이 없어. 내가 할 수 있는 일은 농사밖에 없으니까."

농부로서 첫 번째 임무는 사람을 굶주리지 않게 하는 것이다.

근본적으로 식량 생산이 중단되면 아르펜 왕국이라고 할지라도 금방 성장이 정체되어 버리고 만다.

식료품의 가격이 오르고, 인구가 더 이상 증가하지 못하게 된다. 모라타에서 먼 곳의 도시까지 식량 공급이 풍부하게 되지 않으면 교역과 모험, 경제 발전, 기술 향상 등 모든 면에서 차질이 생긴다.

북부에서 폭발적으로 늘어나고 있는 인구를 먹여 살리기 위해서 미레타스는 계속 곡창지대를 일구어 나갔다.

그는 밭과 논을 일구기 위해 모라타에서 한우도 대량으로 구입해서 활용했다.

머지않은 시기에 곧 하벤 제국이 침공해 올 것은 틀림없는 바, 농부로서 할 수 있는 일은 앞장서서 싸우는 것이 아니라 최소한 전투에 나서는 이들이 굶주리지 않도록 하는 것이었다.

전사 파이톤.
아베리안 숲을 평정한 그는 괴물처럼 강해져 있었다.
방송을 통해서 유명세도 떨쳤지만 이제는 더 넓은 세상을 마음에 두었다.

"이쪽에서는 더 잡을 몬스터가 없군."

던전 내부에 있는 고위 몬스터들은 발견하기도 어렵고, 마취, 기절, 혼미, 중독과 같은 여러 특수 능력과 마법을 써 오기 때문에 혼자서 싸워 이기기란 더욱 불가능하다.

동료가 없이 혼자 싸우면서 파이톤은 전사로서의 한계를 처절하게 깨달았다.

방송을 통해서 위드의 사막에서의 행보를 보았더니, 레벨이 400대까지 오르고 난 이후부터는 소위 말하는 것처럼 장난이 아니었다.

성장 퀘스트를 진행하면서 매번의 전투에 목숨을 걸다니, 파이톤의 가슴까지 뜨거워졌다.

"전사로서의 의미를 깨닫기 위해서라도 익숙해진 장소를 벗어나 더 멀리, 더 많이 돌아다녀 봐야겠군."

파이톤도 명문 길드와는 친하지 않았다.

사실 예전에 가입되어 있던 친목 길드가 있긴 했지만 중앙 대륙의 정복 전쟁에 휘말려서 사라지고 말았다.

그는 싸울 곳을 찾아다니는 전사.

이번에는 북부로 올라가 보기로 했다.

한창 개척되고 있는 북부에서 전사로서의 길을 걸어 보는 것도 좋지 않겠는가.

"방송 때문에 나를 알아보는 사람이 많을 것 같아서 큰일이로군. 도시 내에서는 검과 갑옷을 착용하지 말고, 얼굴도

가려야겠어."

파이톤은 머리에 밀짚모자를 착용하고, 여행자의 복장을 대충 챙겨 입었다. 그리고 근처에서 찾은 야생마를 타고 북부로 넘어갔다.

야생마의 부름!

기마술이 뛰어나지 않아도 야생마를 붙잡아 타고 다닐 수 있게 해 주는, 다소 특이한 스킬이었다.

중앙 대륙의 북쪽 지방은 과거 데이몬드의 부활의 군단이 휩쓸고 지나가서 많이 황폐했다. 도시들은 무너진 채로 방치되어 복구가 이루어지지 않았고, 오고 가는 주민들도 별로 없었다.

"조금만 더 가면 북부 대륙이 나오겠군."

중간에 몬스터라도 만나면 적당히 해치우면서 가려고 했던 파이톤의 생각과 달리, 북부로 향하는 길에는 무수히 많은 상인들이 오가고 있었다.

마차를 서른 대에서 백 대까지도 끌고 가는 대상인들이 다수였다.

"소문과는 달리 북부의 생산력이 얼마 되지 않아서 필요로 하는 물건이 많은 모양이로군."

물론 현실은 파이톤의 이러한 생각과는 다소 차이가 있었다.

과거에는 상인들이 중앙 대륙에서 물건을 가져와서 북부

에 팔았다. 지금도 그러한 교역은 계속 이루어지고 있었지만, 이는 늘어나는 수요를 감당할 수 없을 정도로 초보자들이 증가하고 있기 때문이었다.

중앙 대륙이 전쟁에 휩싸이고 나서부터 로열 로드의 대부분의 초보자는 이제 북부에서 시작을 한다.

상인들 입장에서는, 중앙 대륙의 도시들을 돌아다니면서 장사를 하는 것보다는 북부에서 물건을 판매하는 것이 훨씬 이득이 컸다.

중앙 대륙의 대도시에서는 광장에서 자릿세를 내고 하루 종일 판매하더라도 재수가 없으면 물건을 몇 개 팔지 못할 때도 있다.

그런데 모라타나 벤트 성 같은 북부의 대도시에서는 굳이 순서를 기다려 가면서 광장에 자리를 잡을 필요도 없이, 성문 근처에서 바로 몽땅 팔아 치울 수 있었다.

중급품, 고급품의 수요도 탄탄하게 넓어져서, 무엇이든 사 와서 팔 수가 있었다.

과거에는 물건이 없기에 사 왔다면, 지금은 엄청난 소비 시장이 형성된 것이다.

북부의 생산력도 일취월장하고 있지만, 광산 개발에는 지형 조사와 탐사, 채굴 과정 등이 있기에 다소 시간이 걸렸다. 그렇지만 위대한 건축물로 헤스티아의 대장간이 있는 데다 대장간의 거리가 조성될 정도였기에, 물량 부족도 일시적인 현상이었다.

차후에는 북부 내부의 교역량이 더 크게 확대되리라.

"보통 도시들을 보면 경제력이나 기술력, 성장에 한계가 있는데 북부는 끝이 없어."

"인구 같은 통계 보고 교역물 가져오면 안 된다니까. 일단 가지고만 오면 무조건 다 팔려. 말이 필요 없는 상황이야."

"오크 동네로 물건 가져간 상인들은 장난 아니라더라. 시중가의 10배까지 바가지를 씌웠는데도 싸다고, 더 없냐고, 가격은 얼마든지 더 쳐줄 테니까 가져오기만 해 달라고 부탁하더라던데?"

상인들은 돈과 꿈을 좇아서 북부로 향하고 있었다.

"이 앞쪽으로 가면 헤미르 강이 나오는데… 거기선 멀리 빙 돌아가야 하나?"

파이톤은 상점에서 구입한 지도를 보면서 잠시 고민을 했다.

강을 건너려면 수영을 하는 것이 가장 쉽다. 하지만 그렇게 한다면 야생마를 놓아주고 그 이후부터는 걸어야 할 것이다.

그렇게 고민하다가 문득 강 쪽을 돌아보니, 마차를 몰고 있는 상인들은 그냥 헤미르 강을 향해 일직선으로 이동을 해 갔다. 맞은편에서도 거래가 잘되었는지 함박웃음을 지으며 빈 마차를 끌고 오는 상인들이 있는 게, 뭔가 상당히 이상했다.

"강을 넘어가는 배라도 있는 것인가?"

주변에 도시는 없었는데……. 어쨌든 그렇다면 다행이었다.

그런데 정작 파이톤이 헤미르 강에 도착해서 본 것은, 강의 양쪽을 이어 주는 어마어마하게 긴 다리!

폭이 최소 3킬로는 되어 보이는 강을 가로질러 넓고 튼튼한 석조 다리가 놓여 있었다.

"이럴 수가! 이런 다리를 만드는 것이 가능한 것인가?"

파이톤은 석조 다리의 웅장함에 정신이 멍해졌다.

돌이란 건축 재료로 자주 쓰이지만 또 그 한계가 명확하기도 하다. 무겁고 부피도 커서 대형 건축물을 짓기란 거의 불가능에 가깝지 않은가.

더군다나 가까이에서 보니 돌 하나하나마저도 그냥 만들어진 것이 아니었다.

평평하게 깎아 내고, 정교하게 그림을 새겨 넣었다. 기둥에는 조각품의 형상들이 있었는데, 불새와 황소 그리고 북부 각 도시들의 모습이었다.

다리는 편편하게 놓인 게 아니라 배들이 오고 갈 수 있도록 중심부를 높게 해 놓은 형태였는데, 유람선은 다니지 않았지만 실제로 많은 낚싯배들이 지나다녔다.

파이톤이 야생마를 재촉해서 가까이에서 보니 낙하를 방지하는 돌벽에는 일정한 간격을 두고 글귀가 새겨져 있었다.

─북부로 오신 것을 환영합니다. 기술자들을 반겨 주는 트리반 마을로 오세요! 북부 교통의 핵심인 모라타와 가깝고 고구마죽도 무료입니다.

─케아트 마을에서는 개간이 되지 않은 농지를 무료로 나눠 드립니다. 한번 옹골지게 땅을 파 보실 분이라면 당장 오세요. 삽자루도 공짜로 드립니다.

─후이스 시에서 여행자들에게 북부를 안내해 주는 특별 패키지를 시행하고 있습니다. 각 지역별 대표 풀죽도 맛볼 수 있는 기회!

북부의 도시들과 마을들이 여행자들을 위한 홍보 글귀들을 깨알처럼 적어 놓았다.
돌을 운반해 온 유저들의 이름도 윗부분에 2~3명씩 새겨져 있었다.
"혼자서는 들 수도 없는 이런 노가다 건축물이라니… 다리 하나를 짓기 위해서 바위 몇만 개를 쓴 거야?"
파이톤은 어이가 없어서 멍하니 계속 다리를 쳐다보고 있었다.
"쯧쯧, 말은 제법 괜찮아 보이는데 북부에는 처음 온 모양이군."

"그러게 말일세. 예전에는 저렇게 다리에서 넋 놓고 서 있는 사람들이 참 많았지."

"지금도 여전하지. 노가다야말로 북부의 이념적인 상징임을 모르는가? 낮이 되면 또 수백 명 정도는 서 있을걸."

상인들은 한마디씩 하면서 마차를 끌고 서둘러 지나갔다.

과거에는 로열 로드에서 도시에 들어가며 최고의 장비들을 착용하고 번쩍번쩍 빛을 내는 것이 대유행을 했다.

고레벨 유저들이 상점이나 술집에 들어가면 모든 유저들이 우러러보는 것이 너무나도 흔한 모습들.

그런데 위드는 간소하게 여행자복만 입고 다니다 보니 북부 전체의 문화도 비슷하게 맞춰졌다.

초기에는 고레벨 유저들이 많지 않기도 했지만, 제법 이름을 내세울 만한 사람이더라도 모라타에 가면 그들과는 비교 자체가 불가능한 위드가 있다.

또한 대륙 전체를 통틀어도 상위권에 속해 있는 모험가나 전사 중에서는 조용히 다니는 이들이 의외로 상당히 많았다.

선술집에서 가장 싼 음료를 마시고 있는 다크 게이머들도 바글바글하다.

다크 게이머들은 북부로 와서 의외의 호황기를 누리고 있었는데, 주변에 쓸 만한 사냥터가 너무 많아서였다. 유적 탐사, 보물 발굴, 공적 쌓기에도 도움이 되고, 퀘스트를 도와 달라는 등의 소소한 의뢰들도 끊이지 않는 추세다.

이런 식이다 보니 북부에서 모나크라는 초보자가 벌인 일도 상당한 화제가 되었다.

 레벨 60 정도. 한창 자기 능력에 대해서 과신할 때다.

 스탯을 올리면 실제 힘과 속도가 빨라지니 뭔가 대단한 것처럼 느껴졌다.

 중앙 대륙에서의 버릇을 못 버리고 말싸움이 벌어지자 상대에게 수련장으로 나오라고 했더니, 레벨 420의 마법사에게 그냥 날아가 버렸다는 이야기.

 그 일이 있은 이후로 북부에서는 평범한 여행자 복장을 입은 유저들이라고 함부로 대접하지 않았다. 어떤 고레벨 유저들이 뒤섞여 있을지 모르기 때문이다.

 물론 자세히 보면 부츠나 망토, 반지, 목걸이 등에서 차이가 난다.

 파이톤의 경우에는 등에 메고 있는 대형 검, 그리고 야생마를 붙잡아서 탔다는 자체가 초보자는 아니라는 점을 의미했기에 금방 알아본 것이다.

 "이런 다리는 중앙 대륙을 유랑하면서도 본 적이 없는데 말이야."

 파이톤은 말을 탄 채 그대로 다리를 건넜다.

 다리도 충분히 넓어서, 양쪽으로 마차들이 계속 지나다님에도 불구하고 충분한 여유 공간이 있었다.

 "우와, 북부 대륙이다!"

"여기만 넘어가면 모라타야?"
"아냐, 한참 더 가야 돼. 북부가 얼마나 넓은지 아니?"
"빨리 가고 싶다."
"달려!"

중앙 대륙에서 넘어가는 유저들도 소란을 떨면서 계속 달려갔다. 북부로 향하면서 새로운 삶에 대한 기대와 해방감을 만끽하는 듯했다.

다리의 중간 부분에서는 잠시 경치를 구경하려는 상인들이 줄줄이 늘어서 있는 모습도 볼 수 있었다.

그리고 다리를 완전히 건넌 이후, 파이톤은 마침내 다리의 이름을 알게 되었다.

위대한 건축물. 튼튼한 돌다리!
먼 길을 떠날 때 중간에 강과 호수, 절벽이 나타나면 막막하기 짝이 없을 것입니다. 여행자들의 피로와 괴로움을 씻어 주는 돌다리입니다.
지진과 홍수에도 절대 부서지지 않으므로 안전하게 이용하시면 됩니다.
대표 건축가 이름은 게이오르. 그리고 북부 유저들의 힘으로 세워졌습니다.

중앙 대륙에서는 구경하기 힘든 위대한 건축물!

원래 문화와 경제가 발전한 중앙 대륙에는 이미 지어져 있는 위대한 건축물들이 많았다. 그러나 전쟁으로 인해서 하나둘 파괴되어 버렸다.

공성전을 통해서 성의 주인이 바뀌거나 할 때 잘못 파괴되어 버리거나, 혹은 어차피 빼앗길 거 수비 측에서 부숴 버리는 경우 또한 허다했던 것이다.

아르펜 왕국에서는 건축가가 최고로 선망받는 직업으로 꼽혔다.

건축가로서 이름을 날리면 특수 건물들도 지을 수 있고, 특히 위대한 건축물을 시작하면 수만 명의 유저들과 협력해서 작업을 진행하게 된다.

북부를 연결하는 다리 중에도 위대한 건축물만 6개나 되었다.

아르펜 왕국은 돈이 모이기만 하면 물 쓰듯이 한다는 말이 거짓이 아니라는 걸 증명하기라도 하는 것처럼 위대한 건축물들을 마구 지어 냈다.

건물만 그냥 덩그러니 지어져 있으면 재정 낭비에 볼품도 없을 테지만, 북부에는 가장 중요한 자원인 사람이 있다.

건축물들이 세워지면 우르르 그곳으로 이동을 해서 사냥도 하고, 모험도 하고, 생산을 해내는 유저들.

각 지방을 다리로 연결함으로써 교역량이 늘어나고 문화와 기술을 전파하였으며 중앙집권적인 체제를 갖추는 데에도 도움이 되었다.

현재는 누구나 인정하는 북부의 생명줄이었다.

"위대한 건축물의 이름이 튼튼한 돌다리라니, 참 재미있는 곳이군."
 파이톤은 돌다리를 지나서 북부에 도착했다.

―튼튼한 돌다리를 건너셨습니다.
 피로가 감소하여 체력이 80%까지 회복됩니다.
 지구력이 영구적으로 3 증가합니다.
 민첩성이 영구적으로 1 증가합니다.
 행운이 영구적으로 2 증가합니다.
 모험을 통한 재난이 발생할 확률을 일주일간 41% 감소시킵니다.
 모험에 대한 발견으로 명성이 35 높아집니다. 북부에서는 모르는 이들이 없으므로 멀리 떨어진 다른 지역에서 발견물을 보고할 수 있을 것입니다.

"호오, 이런 효과도 있네!"
 아베리안의 숲에 머물면서 사냥에만 전념하느라 북부가 돌아가는 사정에 대해서는 까맣게 몰랐다.
 하지만 그가 진짜 놀라야 할 것은 지금부터였다.
 아무것도 없는 북부로 희망만 가져왔던 유저들의 시절은 지나가고, 지금은 북부에 대번영의 시대가 찾아오고 있었다.

엠비뉴의 대군

"인생이란 말이야, 마늘 까기와 같은 거야. 왜냐하면, 아무리 까도 맵거든."

위드는 스스로 말하고 나서도 납득이 되어서 고개를 끄덕였다.

군대를 이끌고 들모레 요새로 향하면서 왜 이다지도 힘든 퀘스트를 많이 수행해야 하는지에 대한 고민이 생겼다. 초창기에는 그저 재수가 없었다고 생각했지만, 지금 돌아보면 꼭 그런 것 같지도 않았다.

"그 정도가 아니야. 확실히 전생에 뭔가를 국가적으로 크게 팔아먹었어."

웬만큼 큰일들은 나서기 좋아하는 사람들이 해결해 주고,

위드는 그 뒤에서 달콤한 과실을 맛보면서 안락하게 살고 싶었다.

그런데 베르사 대륙의 중대한 사건마다 꼭 끼어들어 고생을 해야 하다니!

"이게 다 남들이 놀고먹고 있을 때 혼자 고생하고 있다는 증거인데 말이야."

위드가 불평불만을 늘어놓고 있는 와중에도 그의 군대는 계속 행군을 했다.

사막의 대제로서의 위엄과 공포는 직속 사막 전사 부하들까지도 함부로 떠들지 못하게 할 정도였다.

전일이와 전이를 비롯한 조각 생명체들도 위드의 성격에 대해서는 잘못 알고 있었다.

지금까지 저지른 짓들이 있다 보니, 다들 위드를 호전적이고 잔인하지만 사막을 위해서는 물불을 가리지 않는 영웅으로 안다. 사막 전사들에게는 가히 사막을 일으켜 세우기 위해 나타난 제왕이라고나 할까.

위드는 하필이면 사막에 떨어져서 이것도 얼마나 큰 불만이었는지 모른다.

"적당히 살기 좋은 곳에 있어야 했는데. 사막이라서 어디 한번 가려고 해도 멀어서 엄두도 못 내고, 물도 구하기 귀찮았고, 몬스터들도 너무 화염 계열들만 많았지."

사막은 정말 사람 살 곳은 아니라고 생각했다.

물론 처음부터 그곳에서 태어난 사람들이야 모르겠지만 나중에 방문한 사람들이 겪는 숱한 불편함들은 어쩔 수 없었다.

그렇기 때문에 로열 로드에서도 유저들이 가장 찾지 않는 장소가 남부 사막 지역이 되었으리라.

위드에 의해서 사막 지역의 부흥이 어느 정도 이루어졌다지만, 그럼에도 구경하러라면 모를까 가서 살고 싶은 마음들은 없었다.

"나를 따르겠다는 부족들이라고 해 봐야 양 몇 마리 키우는 놈들이 전부였지. 팔아먹으려고 해도 돈도 안 나와."

위드는 이동하는 와중에 그런 식으로 계속 불평을 늘어놓았다.

전쟁에 대한 긴장감 해소에는 돈 드는 사치성 취미보다는 뒷담화나 불평이 최고인 것!

머릿속으로는 냉정하게 지금까지 드러난 엠비뉴 교단과 현재의 전력을 비교 분석했다.

'내가 조금 더 강해져야 할 필요성이 있어. 그리고 최악의 상황에서는… 퀘스트를 완벽하게 실패해 버려야지.'

무조건 이길 거란 환상은 버려야 했다.

불사의 군단과 싸우던 당시에도 그랬지만, 만약에 일이 잘못될 것 같으면 혼자서라도 살아야 한다.

여기서는 살고 죽는 건 큰 의미가 없고 조각술 최후의 비기 퀘스트를 망치고 끝나는 것이 되겠지만, 최대한 많은 걸 얻어 내야 한다.

"엠비뉴 교단을 위해서 마폰 왕국과 베이너 왕국을 먼저 쓸어버려야지. 어차피 못 먹을 감이라면, 사막 전사들을 이용해서 이 대륙을 엠비뉴 교단의 세상으로 만들어 버리는 거야."

그렇게 된다면 헤르메스 길드에는 그야말로 진정한 날벼락.

하벤 제국의 수도와 번화한 도시, 중요한 요충지에 있는 성들이 전부 엠비뉴 교단으로 넘어가고 광신도들이 들끓는다면, 이거야말로 해결이 어려운 골칫덩이가 된다.

"그래도 헤르메스 길드의 전력이 보통은 아니야. 내가 만들어 낸 결과는 아주 긴 시간을 넘어서 드러나니까 중간에 어떤 영웅들이 나와서 엠비뉴 교단을 막아 냈다는 식으로 역사가 바뀔지도 몰라."

아무리 생각해 봐도 일리 있는 이야기였기에 위드는 혼잣말을 하면서 맞장구치듯 고개까지 끄덕끄덕하며 상상의 세계로 빠져들었다.

지금 이대로의 엠비뉴 교단이 나중까지 그대로 이어진다면 대륙에는 정말로 파멸밖에 답이 없다.

하지만 역사는 어떻게든 바뀌기 마련이고, 중간에 무슨 마스터들이 나타나거나 해서 어떤 대단한 원정대를 꾸려서 엠비뉴 교단의 총본영을 파괴할지도 모른다.

"큰 실수를 할 뻔했군. 서윤을 통해서 마족도 깨워 줘야지."

나쁜 짓에도 섬세함이 필요한 법!

퀘스트 실패에 대한 계획들까지 세우다 보니 전쟁에 대한 부담감은 많이 사라져 있었다. 못된 행동과 그 결과들을 생각하다 보니 엔도르핀이 마구마구 분비되어 어느새 육체적으로나 정신적으로나 최상의 상태가 되었다.

선두에서 행군을 이끌던 전일이가 물었다.

"들모레 요새까지는 2킬로미터 정도 남았습니다. 적군의 기병들이 계속 정찰을 오는데, 박살 낼까요?"

마폰 왕국과 베이너 왕국군이 주둔하고 있는 들모레 요새에서는 자신들을 공격해 오는 것인 줄로만 알고 잔뜩 긴장한 모양이었다.

"아니, 내버려 둬라. 그리고 조금 일찍 도착했으니 오늘은 이곳에서 휴식을 취한다."

엠비뉴 교단은 밤을 통해서 온다. 그들은 언데드처럼 지칠 줄을 모르는 데다 마법과 신성력도 이용하기 때문에 먼 길을 빠르게 주파할 수 있었다.

그렇지만 아무리 빨라도 오늘 중으로는 도착하지 못할 것이고, 낮에도 쉬지 않고 계속 행군한다 해도 내일 정오 무렵에나 도착하게 되리라.

'그때가 전투를 벌이기에 최적의 시기지.'

엠비뉴 교단이 기다리다가 밤에 습격을 해 오더라도 별로 상관은 없다.

들모레 요새 근처의 대평원에서 자리를 잡고 있었기에, 마법으로 적당한 조명만 만들어 낸다면 전투에는 지장이 전혀 없다.

밤은 언데드들에게도 유리한 시간. 뭐, 어쨌든 전투는 벌어지고 말 것이고, 위드는 수단과 방법을 가리지 않을 작정이었다.

착한 척하면서 마음의 고민을 떠안거나 망설이는 성격은 결단코 아니었으니까.

엠비뉴 교단도 따지고 보면 상당히 재수가 없는 편이다.

현재의 그들은, 노들레라는 진정한 용사에게 총본영이 괴멸되기는 했지만 다시 살아나서 대륙을 악으로 물들이고 있다. 그런데 뜬금없이 과거의 역사 속에 위드가 튀어나와서 아예 죽자 살자 싸우려고 든다.

노들레처럼 정의와 명분에 의해서 움직이는 것도 아니고, 양심의 가책을 받으면서 전투 수행 시의 도덕적 의무를 지키지도 않는다.

엠비뉴 교단의 입장에서도 위드를 넘어서지 못하면 훗날의 종교적 영향력까지도 날려 버릴 수 있었다.

그렇게 저녁이 되었고, 별다른 사고도 벌어지지 않은 편안한 밤이 지나갔다.

평원에는 야영을 하는 병사들이 밝혀 놓은 모닥불과 횃불

이 가득했다. 저 멀리 떨어진 어두운 곳에는 언데드들도 제멋대로 앉아 있거나 서 있다.

엠비뉴 교단에서도 진군 속도를 조금 늦췄으며, 들모레 요새의 군대는 성문 밖으로 일절 나서지 않았다.

위드에게 워낙 호되게 당했던 만큼 알아서 사라져 주기를 바라는 것이리라.

그리고 다음 날.

위드는 병사들에게 푸짐하게 고깃국을 먹였다.

"실컷 먹어라."

"예, 대제님."

"건더기가 정말 많습니다."

험궂게 끌려다녔던 전투 노예들이 황송해하는 걸 보니 기분도 좋았다.

목숨을 건 싸움에 내보내기 전에는 푸짐하게 먹여 주는, 위드가 가진 최소한의 양심!

위드는 들모레 요새도 관찰했다.

마폰 왕국과 베이너 왕국의 병사들이 칼날처럼 엄정한 군기를 세우며 전쟁에 대비하고 있었다.

"역사에 확실히 남을 수 있을 만큼 멋진 전투가 되겠군."

역사서에 기술되는 위드 관련 부분은 이미 온갖 쌍욕들로 도배될 것이 기정사실화되어 있는 상태!

엠비뉴 교단의 군대는 예측대로 정오를 약간 넘긴 시간에 도착했다.
 그리고 드디어, 베르사 대륙의 운명을 결정짓는 전투가 개시되었다.

 엠비뉴 교단의 군대에서 가장 압도적으로 드러나는 특징이라면 아무래도 청동 거인들로 이루어진 군단과 거대한 비행 생명체들이었다.
 지상을 가득 채운 광신도들이야 사실상 대충 전투 노예들로 상대를 할 수 있거나, 그게 안 되어도 최소한 시간은 끌어 줄 수 있으리라.
 그러나 청동 거인들과 하늘을 날아다니는 비행 생명체에 탑승한 채 활을 쏘는 궁수 부대, 암흑 사제, 극악의 기사단, 마녀, 엠비뉴의 사제들로 이루어진 완벽한 병력 구성.
 제4지파의 대사제 모툴스가 청동 거인들과 비행 생명체에 타고 있는 군대를 관할했다.
 제6지파의 잉그리그는 암흑 군대 전반을 이끌었다.
 엠비뉴 교단도 따지고 보면 문어발식 확장을 일삼는 대기업과도 같았다.
 "뭐, 뭐야!"
 "이상한 놈들이 나타났다."

전투 노예들이 놀라서 반응했다.
"오오, 거룩하신 엠비뉴 교단께서 이 몸을 찾아 주셨다. 파괴! 파괴! 파괴!"
"잘 찾아오셨나이다. 이곳에 모여 있는 인간들을 전부 죽여 주시옵소서!"
군대 내의 엠비뉴 광신도들은 열광을 하며 환호했다.
위드는 그동안 광신도들이 눈에 띄는 족족 적들에게 던져 주거나, 언데드로 만들거나, 혹은 뱀파이어로 바꾸었다.
그런데도 질기고 질긴 바퀴벌레처럼 연명하고 있던 그들!
그런 병력이 도처에서 1만 명 넘게 등장하며 환호를 했다.
위드가 아무 말 없이 손을 쓱 들었다. 그러자 군대 사이사이 배치되어 있던 사막 전사들이 광신도들을 신속하게 처리했다.
2만여 명에 이르는 사막 전사들과 사막 용병들이야말로 엠비뉴 교단에 물들지 않은, 어떤 면에서는 더 위험하기 짝이 없는 위드의 철저한 신봉자들이었다.
"모두 똑똑히 들어라!"

-아트록의 함성을 사용하셨습니다.
모든 병사들이 공포를 잊습니다.
군대에 전투와 관련된 특별한 행운이 생깁니다.
훈련된 병사들은 자신이 맡은 임무를 탁월하게 수행할 것입니다.
기사단의 돌격에 아트록의 축복이 부여됩니다.

적절한 때에 스킬을 사용해 줘야 했다.

워낙에 대군이라서 적당한 때에 확실하게 통솔력을 발휘하지 않으면 귀족들의 군대 같은 경우는 뿔뿔이 흩어져 버리기도 한다.

전투 노예들도 틈이 생기면 싸우기보다는 도망쳐 버리려 하리라.

"저들은 엠비뉴 교단! 우리가 살아가는 이 땅을 파괴하기 위하여 나타난 자들이다."

위드는 말살의 검을 뽑아 엠비뉴 교단을 겨누었다.

"인간성이 사라진 광신도! 죽음과 파괴밖에 모르는 자들! 오직 엠비뉴만을 믿으며 모든 이들을 죽이고자 하는 목적만을 가지고 있다. 우리가 뿌려 놓은 곡식들을 짓밟고, 도시를 불태워서 문명을 없애고, 아이들을 처형하려는 잔인무도한 자들이다. 모두 저들과 싸우기 위해 검을 들어라!"

"우와아아!"

사막 전사들과 전투 노예들이 함성을 질렀다.

어떤 적을 맞이해도, 전사들에게는 위드와 함께 싸운다는 것이 중요했다.

또한 전투 노예들이야 어차피 자유가 없다. 싸우지 않으면 죽을 뿐!

들모레 요새에서는 그저 황당할 뿐이었다.

"저 야만족의 수장이 무슨 소리를 하는 거야. 자기들끼리 내분이라도 일으키는 것인가?"

"모르겠습니다, 국왕 폐하. 아무튼 뻔뻔하기 짝이 없는 자입니다."

마폰 왕국과 베이너 왕국군의 입장에서 위드의 연설은 정확히 침략자인 자신들을 가리키는 것이 아닌가.

그렇지만 엠비뉴 교단이 접근해 오면서 들모레 요새에서도 긴박한 위기감이 흘렀다.

"전투준비를 갖춰라!"

"공중에서의 공격에 대비하고, 궁수들은 화살을 넉넉히 준비하라!"

"전원 전투준비!"

위드가 원하던 대로 들모레 요새에서도 분주하게 수비를 위한 움직임을 보였다.

위드의 군대와 들모레 요새까지는 그래도 상당히 거리가 있었다.

성벽 위에서 쏜 화살과 마법이 닿지 않아야 했고, 언데드들이 요새 주변에 흐르는 강에 접근을 하지 못했기 때문이다.

요새 수비군을 전투에 끌어들이기에는 지형상의 난점이 조금 있었지만, 이 정도야 조금만 더 치사하게 극복하면 될 일.

"싸움이다. 강적과 싸우는 전투 진형대로!"

위드는 명령을 내리며 엠비뉴 교단과 맞서기 위해 군대의 진형을 바꾸었다.

사막 전사들은 중간과 좌우의 날개에 배치되었다. 아직까지 저들의 공격이 어떤 식으로 구체화될지 모르기에 상황에 따라 즉각 대응하기 위해서이다.
　최근에 징집한 전투 노예들은 앞에 세웠다. 잃어버리더라도 아깝지 않은 병력이다.
　귀족들의 군대는, 그래도 머릿수는 충분히 채울 수 있고 밥값도 하기에 중앙과 후방에 넓게 퍼트렸다.
　각 교단에서 선발된 사제들과 성기사들도 뒤쪽에 챙겨 놓았다.
　그리고 위드는 군대의 가장 선두에서 쌍봉낙타를 탄 채로 엠비뉴 교단의 접근을 지켜보았다.
　'내가 있을 곳은 여기가 아닌데.'
　속으로는 물론 가장 안전한 후방에 있고 싶었다.
　제일 앞에 있어 봐야 엠비뉴 교단의 일차 표적이 되어서 각종 저주 마법이나 공격 마법을 온몸으로 받아 내는 신세밖에 더 되겠는가.
　남자로서의 자존심이야 당연히 없었다.
　사막의 대제이며 폭군으로서 전쟁에서 피바람을 일으킬 때와는 달리, 상황의 변화에 따라서 두려움을 적극적으로 표현하는 성격!
　엠비뉴 대군은 적당한 거리를 두고 멈추지 않고 계속 다가왔다.

위드는 적의 대사제와 멋지게 말싸움을 벌일 계획을 갖고 있었다.

전쟁의 명분이 어디에 있는지, 저들이 왜 나쁜 놈인지를 따끔하게 질타하면서 군대의 사기를 극적으로 끌어 올리려는 것이다.

이 전투는 규모 면에서도 유례를 찾기 힘들 뿐만 아니라, 향후 베르사 대륙의 미래까지도 바꿀 것이니 당연히 중요하지 않겠는가.

방송국들도 생방송으로 중계를 하고 있을 것이기 때문에 멋진 모습을 연출해 주어야 했다.

물론 놈들의 약점이나 정보를 찾아내게 된다면 더할 수 없이 좋고, 극적인 타협이 이루어지지 말란 법도 없었다.

위드는 냉정하게 말하면 정의의 편이 아니라, 가진 자의 편이 되고 싶었으니까.

"에… 너희는 우선 이곳까지 오느라 수고했다."

부드럽게 구슬리는 말투였지만 아트록의 함성을 이용하였기에 전장에 쩌렁쩌렁 울렸다.

그러나 엠비뉴 교단은 진군을 멈추지 않고 계속 다가왔다.

이제 양측의 거리는 곧 화살은 닿지 않더라도 공격 마법은 충분히 통할 수 있을 정도로 가까워졌다.

양측이 모두 워낙에 대군이 모여 있기에 이 정도는 거의 근접해 있는 것과 다름이 없었다.

"엠비뉴 교단이여, 너희의 음모는 만천하에 밝혀지고 말았다. 나는 시간을 거슬러서 대륙의 평화를 지키기 위해 싸우러 온 것으로……."

위드가 이번엔 더욱 큰 소리로 질타를 했지만, 엠비뉴 교단의 사제들은 전혀 신경도 쓰지 않았다. 지나가던 몸보신이 짖더라도 이보다는 좀 더 반응을 보이지 않을까 싶을 정도로, 아예 듣는 것 같지도 않았다.

철컹! 철컹! 철컹!

그때, 청동 거인들이 앞으로 나서더니 양손을 위로 들어 올렸다. 그들은 5미터, 6미터가 넘는 거대한 바윗덩어리를 들고 있었다.

"설마……."

청동 거인들의 바위 투척!

수백 개의 바윗덩어리들이 공간을 가로지르며 위드와 전투 노예들을 향해 그대로 날아왔다.

"절대 방어, 다른 하나의 검 소환, 탄생의 힘!"

위드는 급하게 스킬들을 발휘하고 말살의 검을 뽑아서 바윗덩어리들을 베었다.

정말 두부 자르듯이 잘려 나가는 바위들, 가까이에서 날아오던 다른 바윗덩어리들은 알아서 스스로 타오르더니 녹아 버렸다.

콰과과과광!

그러나 위드가 없앤 것은 십분의 일도 되지 않았고, 나머지 바윗덩어리들은 그대로 전투 노예들을 강타했다.

아무 말도 없이 전투 개시!

엠비뉴 교단의 군대는 신탁을 받아서 출격한 것이기 때문에 그 어떠한 말도 필요하지 않았던 것이다.

비행 생명체들도 날아오더니 탑승하고 있는 궁수들로부터 소나기 같은 화살 공격이 이어졌다.

엠비뉴의 저주가 걸려 있어서, 화살에 맞은 이들은 고통스러워하다가 목숨을 잃었다.

전투 노예들이 버텨 내기에는 너무나도 엄청난 공격이었다.

"우아아아악!"

"아아, 살려 주세요. 엠비뉴 교단에 충성을 다짐하겠습니다!"

"방패를 들고 공격 범위 밖으로 뛰어라!"

전투 노예들의 진형은 삽시간에 와해되어 버렸다.

사실 중장갑병도 아닌 이상 당연히 그럴 것이라고 생각했지만, 이건 그냥 상대가 되지 않을 정도로 압도적이었다.

비행 생명체들이 하늘에서 움직일 때마다 지상에서는 그 부근을 피하기 위해서 아우성이다.

쿠걱쿠거걱!

"신! 신을 믿으라! 엠비뉴 신은 모든 이들에게 평등하다.

너희 모두를 공평하게, 고통스럽게 죽여 줄 것이다!"

"영광, 파괴, 죽음!"

엠비뉴 교단 측에서는 괴물들과 극악의 기사들, 광신도들이 미친 듯이 절규하며 앞으로 달려 나왔다.

그러나 위드는 여전히 평정심을 유지하고 있었다.

"이 정도야 충분히 예상했지. 거뜬하게 이길 수 있겠군."

엠비뉴 교단의 전면적인 공세가 바로 벌어졌고, 전투 노예들로 구성된 군대의 선봉은 처참하게 박살 나고 있었다.

그러나 위드가 가장 잘하는 부분이야말로 전력 분석!

숱한 전쟁터를 경험하고 지휘해 보았기에 싸워 보기도 전에 적들이 어느 정도인지 안다.

엠비뉴 교단에 대한 예상 정보들은 턱없이 부족하였지만, 강자들이 많은 전쟁의 시대다. 어떠한 피해도 입지 않은 엠비뉴 교단이라면 당연히 최상의 전력을 갖추고 오리라고 짐작했다.

머릿수를 끌어 맞춘 어중간한 전투 노예들로는 적들을 조금 귀찮게나 한다면 할 몫을 다한 것이었다.

위드도 전투에 아직 가담하지 않았고, 주력인 사막 전사들도 대기 중이었다.

본격적인 카드는 아직 꺼내 들지도 않았으니 이렇게 예상했던 수준이라면 충분히 싸워 볼 수 있는 상태이리라.

"…그리하여 엠비뉴 신의 이름으로 명령한다. 지옥의 문

이여, 열려라!"

그런데 그때, 엠비뉴의 교단 측에 속해 있는 마녀들이 뭐라고 중얼중얼하더니 두 손을 번쩍 쳐들었다.

그러자 하늘에 붉은 기운이 가득 모여들더니 어두운 구멍이 뚫렸다.

콰르르르르릉!

천둥 벼락이 사방에 떨어지더니, 구멍을 통해서 나오는 것은 지옥의 마물들!

"크리리리릿. 얼마 만의 인간 세계 방문인가?"

"모두 먹어 치워 주자!"

날개가 달린 지옥의 하급 마물들이 수천 마리 이상 무더기로 튀어나오고 있는 것이 아닌가.

위드는 한숨을 크게 내쉬었다.

"그러면 그렇지, 이놈의 팔자는……."

위드의 모험은 닷새간 전례 없을 정도의 시청률을 기록했다.

사막의 카리스마, 폭군 위드의 행보에 유저들은 부러워하면서도 재미있어했다. 그리고 그 이후에 더욱 화제가 된 건 바로 모험의 내용 때문이었다.

그러면서 다양한 반응들이 나왔다.

-과거로 거슬러 올라가서 노들레와 힐데른의 퀘스트를 하다니, 로맨틱 그 자체네요.
-두 사람이 꼭 이어졌으면 좋겠어요.
-저도 남자랑 같이 전쟁의 시대에 가 보고 싶어요. 그런 곳에서도 지켜 주는 남자라면 믿을 만할 텐데… 현실은 던전에서 도망치는 애들밖에 없으니, 원.

헌신적이고 용감한 남자는 전통적으로 인기가 있었다.

-사막 전사들의 울퉁불퉁한 팔근육. 꺄아!
-헤스티거는 늘씬하면서 얼굴도 미남형에, 눈빛이 정말 좋지 않나요? 수염까지 길렀을 때는 진짜 영화배우급이었던 듯.
-재수 없게 생긴 거죠.
-그냥 콱 죽었어야 하는데.
-전투를 마치고 땀에 젖어 있는 모습을 보니까 진짜 미남이더라고요. NPC라는 게 아까울 정도로.
-쌍봉낙타도 표정이 살아 있어서 귀엽습니다.

그리고 정보 게시판, 분석 게시판 등에서도 모험과 연관된 무수히 많은 글들이 쏟아졌다.

제목 : 전쟁의 시대에 존재하는 왕국들에 대하여

제목 : 베르사 대륙의 역사 변동?

제목 : 엠비뉴 교단의 위험성을 다시 한 번 경고하며

제목 : 과거의 변화로 인해 퀘스트에 실패한다면 대재앙이 벌어질지도

  위드의 모험이 대륙에 직접적으로 큰 영향을 끼치고 있었기에 화제가 끊이지를 않았다.
  모든 이들이 모험에 대하여 주목하지 않을 수가 없었다.
  엠비뉴 교단도 당장 크게 연관이 있었을 뿐만 아니라, 중앙 대륙의 하벤 제국에도 연속적으로 피해가 발생했기 때문이다.
  직접적인 피해를 입지 않은 유저들은 은근히 고소해하고 있었기에 게시판에서의 비판 여론은 그리 크지 않았다.
  게다가 위드가 전쟁의 시대에 타락한 왕국들을 쓸어버리면서 엠비뉴 교단을 물리치는 내용이 되고 나니 더욱 이해할 수 있는 부분도 있었다.
  그리고 마침내, 엠비뉴 교단의 군대와의 전쟁이 방송국에서 생중계로 진행되었다.

방송국들도 생중계를 원했지만, 방송 일정을 늦추기라도 한다면 이젠 어떤 일들이 벌어지는지 다 알고 있는 시청자들의 항의에 의해 업무가 마비될 지경이었던 것이다.
　사실 이번의 전투는 단순한 위드의 모험으로만 볼 수도 없게 되었다.
　전투의 승패에 따라서 베르사 대륙의 운명이 뒤바뀌게 된다.
　위드를 좋아하는 무리이거나 싫어하는 무리이거나, 한결같이 전투에서 승리하기를 바랄 수밖에 없었다.
　시청자들이 완벽하게 위드를 응원하게 되었고, 그만큼 그의 행보는 초미의 관심사였다.

　화령은 다른 동료들과 모험을 하는 도중에 위드의 퀘스트 내용에 대해서 알게 되었다.
　"날 놔두고 다른 여자를 데리고 가다니… 흐흐흑."
　그녀는 로열 로드에 접속해서 서럽게 울었다. 어찌나 눈물을 흘려 대는지, 제피는 물론이고 벨로트도 달래 줄 수가 없을 정도였다.
　'언니가 이 정도로 위드 님을 좋아… 아니, 사랑했던 거야?'
　'화령 님에게도 이렇게 순수한 면이 있었구나. 하긴 겉으

로는 별로 티를 내지 않는 사람이 외로움은 더 많이 타는 법이지.'

다들 그녀의 눈물이 그칠 때까지 조용히 곁을 지키며 기다려 주기로 했다.

"아흐흐흑, 팽! 저, 전쟁의 시대에 있는 가방도 꼭 갖고 싶었는데."

"……."

"지난번에 해외 스케줄 때문에 스트레스를 얼마나 많이 받았다고! 과거로 돌아가서 달콤한 여행을 했어야 되는데……. 구두도 많이 신어 보고."

"……."

다소 둔감한 페일도 화령의 말이 완전한 진심이 아니란 건 알았다. 참지 못하고 쏟아지는 눈물을 어쩌지 못해서 장난처럼 말을 늘어놓는 것이리라.

위드가 같이 가자는 제의도 하지 않았으니 얼마나 섭섭하고 밉겠는가.

그래도 화령이 그렇게 말하니까 왠지 진짜 가방과 구두에 목맨 사람같이 들리기는 했다.

"위드 님이랑 잘 지내고 싶었는데. 앞으로는 가방도 비싼 거 안 사려고 했는데."

"……."

"지금까지 예약 걸어 놓은 것들만 다 사고 나면 신상품 나올 때까지 한동안은… 흐흐흑!"

"……."

화령은 정말 실컷 울었다.

본래 성격이 직설적이고 감정을 여과 없이 표현할 줄 아는 그녀였다.

정득수는 호성 그룹의 회장직에서 자의 반 타의 반으로 쫓겨난 이후로 자신의 넓은 저택을 정리했다.

"더 이상 여기에는 미련도 없군."

대한민국 경제계를 좌지우지하는 그룹 회장, 사장 들이 살아가는 부유한 동네지만 떠나기로 한 것이다.

채권단과 정치권에 의해서 호성 그룹의 알짜배기 기업들은 백화 그룹과 벽일 그룹에 의해서 인수되고 있었다.

언론에 의해서 무능한 기업가로서 낙인찍힌 신세이다 보니 어디론가 멀리 떠나고 싶었다.

아직 지방 여러 곳에 별장들이 남아 있고, 미국과 이탈리아 등 해외에도 부동산이 있다.

"하지만 내가 진심으로 가고 싶은 곳은 없구나."

쭉 살아오던 저택을 떠나서 어떤 도시, 어떤 나라에서 살아가더라도 쓸쓸함을 감출 수는 없을 것이다.

지금까지는 기업 경영을 하면서 정신없이 바쁘게 살아왔지만 갑자기 한가해지게 되었다. 잠시 멈춰 서서 과거를 돌아보니 모든 것들이 일장춘몽과 같았고, 자신은 그저 외로운 사람이었다.

늙고 돈만 많은 중년이 되어 버린 것이다.

과거에 워낙 큰 부를 가지고 있었고, 회장 자리에서 떠나면서 회사 지분을 정리했기에 보유한 현금은 상당하다. 그렇지만 마음의 허전함은 돈으로도 살 수가 없는 것이었다.

일가친척들은 이제 그를 반겨 주지 않을 테고, 남아 있는 가족이라고는 서윤뿐이었다.

"딸아이의 근처에서 살아야겠군. 만나서 다정하게 이야기는 하지 못해도, 가끔씩 거리에서 지나다니는 걸 볼 수는 있겠지."

부동산을 통해서 단독주택을 구하기로 했다.

"선생님, 어떤 집을 찾으시는데요?"

"그냥 나 혼자 살 집이 필요하다오."

정득수는 복잡한 사정 이야기는 설명하고 싶지 않았고, 부동산에서도 더 이상 묻지 않았다.

혼자 사는 사람이 많은 시대인 것이다.

아울러 정득수가 기업 회장 출신이라는 것도, 부동산 중개인 아줌마는 알아보지 못했다. 사실 그룹 회장들의 얼굴을 정확히 기억하는 일반인은 드문 편이다.

"그러시구나. 그럼 전세 구하실 건가요?"

"전세?"

"네? 아, 요즘 시세가 많이 오른 편이라서요. 전세로도 많이들 거주하시죠. 혼자 사실 거라면 월세로도 좋은 집이 나온 게 있는데요."

"그냥 매매로 합시다."

"네. 그러면 구체적으로 어떤 집을 찾으시는지요? 이 동네가 살기 좋다고 소문이 나서 매물이 많이 없는데… 그래도 지금은 이사철이라서 매매라면 몇 개 있긴 하거든요."

이현이나 서윤이 사는 집과 너무 가까워도 곤란하니 조금은 떨어져 있어야 한다. 그렇다고 너무 도로 주변에 있는 집도, 사생활이 방해될 것 같아서 싫었다.

"흔한 2층집 정도가 좋겠소."

"아, 2층짜리 단독주택요? 그러면 고를 수 있는 집은 더 줄어드는데요."

"정원에 나무들은 너무 번잡하게 많지 않았으면 하고, 연못 같은 게 하나 있는 것도 붕어들 기르는 소일거리로 괜찮을 것 같군. 실내에는 골프 연습장이나 영화 감상실을 만들어 둘 수 있는 공간이 있었으면 하고… 아, 휘트니스를 위한 기구들도 들여놓아야 될 것 같소. 거실은 따로 서재로 꾸며야 하니 구조가 좀 넓었으면 좋겠군."

"…더 바라시는 건 없나요?"

"계단이 좀 번거로우니 에스컬레이터나 엘리베이터가 있는 집이었으면 하는데. 주차장은 번호판 자동 인식으로 작동되어야 하고, 다섯 대에서 일곱 대 정도는 넣을 수 있어야 편할 것 같고."
"저기, 이 동네에는 원하시는 그런 집도 없고, 혹시 그런 집이라면 가격이 얼마 정도 하는지는 알고 계시는지요?"
"한 50억이면 되지 않겠소? 예전에 살던 집을 처분할 거라서 100억 정도까지는 상관이 없는데."
"……."
부동산 업자를 패닉으로 몰고 간 집 구하기는, 이곳 동네의 현실적인 상황을 듣고 나서 아담한 2층짜리 주택을 구하는 것으로 끝이 났다.
물론 일반 서민이나 중산층을 기준으로 한 것이 아니라 정득수에게나 아담한, 건물 면적만 140평짜리 집이었다.

바트는 모라타의 선술집에서 저렴한 맥주를 시켜서 마셨다.
"크으, 좋다."
선술집에는 워낙에 많은 사람들이 모여 있었다.
"다들 사냥도 퀘스트도 팽개치고 뭐 하는 것인지 모르

겠군."

 위드의 모험이 중계되는 날에는 도시 안에 사람들이 가득하다.

 굳이 북부만 그런 것도 아니고, 사정은 중앙 대륙도 마찬가지라고 한다. 하벤 제국의 영토 내에서도 보면서 킬킬거리며 좋아한다니, 인기는 말 다한 셈이지 않은가.

 바트는 어렵게 선술집의 자리를 구했다. 그나마 한 가게만 계속 이용하면서 고정 고객이 되지 않았더라면 앉아서 마시지도 못했으리라.

 '딸을 딸이라고 말하지 못하고, 딸 친구를 딸 친구라고 말할 수가 없구나.'

 서윤과 위드와의 관계에 대해서 밝히더라도 아무도 믿지를 않고, 오히려 이상한 사람 취급이나 하기 일쑤다.

 '가상현실에서 이런 기반을 닦았을 줄이야 내가 어디 알았나.'

 북부 대륙에서 특히 위드는 왕이었기 때문에 그에게 함부로 대했다는 것이 밝혀진다면 설 자리가 없었다.

 모라타에서 사람들 사이에 끼어서 살아가며 풀죽신교에도 슬쩍 발을 들여놓고 있는데, 그날로 북부를 떠나야 하는 신세가 될지도 모른다.

 "야, 이제부터 시작인 거야?"
 "닭부터 빨리 먹자."

"아까운데 천천히 먹어야지."
"5마리 더 시켰어. 왕창 먹으면서 봐야 돼."
"잘했다!"

배와 턱의 살이 늘어져서 탐욕스럽게 생긴 상인들이 앉아서 이야기를 하고 있었다.

"으음."

바트는 상인을 부러운 눈빛으로 쳐다보았다.

북부 발전의 초창기에는 상인들의 체형도 작고 마른 편이었다. 다들 레벨이 낮다 보니 어쩔 수가 없었다.

하지만 이제 북부의 발전만큼이나 뱃살이 두꺼워진 상인들이 상당히 많아졌다.

일반 유저들도 뚱뚱보 상인이라면 일단 믿음을 주었다.

북부 상인들은 비싼 물건을 바가지 씌워서 팔기보다는 저렴하게 대량으로 공급하는 것을 기본 원칙으로 하고 있어서 인기도 높았다.

치안도 확보되지 않은 넓은 지역을 마차를 끌고 돌아다니면서 교역을 하기에, 겁쟁이라는 말로 무시하지도 못한다.

전투 계열 직업들도 진입하지 못하는 험한 산골 마을로, 가죽과 철광석 등을 사 오기 위해 손수레를 밀고 올라가는 것이다.

다만 상인이라고 해서 무조건 살이 찌는 건 아니고, 전투 능력을 올리거나 교역을 하면서 장거리를 돌아다니다 보면 금방 다시 날씬해질 수는 있었다. 하지만 그렇게 되면 장사하기 어렵고 창피하다면서 억지로라도 살을 반드시 찌우는 편이었다.

"나도 전직이나 할까? 전투 계열 직업은 아무래도 맞지 않는 것 같은데."

바트는 상인이 되기 위해 전직을 결정했다.

전사로서 몬스터들과 싸우기가 만만치 않았고, 기업가로서 평생을 살아온 만큼 상인이 되어 보는 것도 재미가 있으리라.

레벨이 워낙에 낮은 만큼 지금 전직을 하더라도 크게 아쉬울 것도 없었다.

◈

헤르메스 길드의 수뇌부에서는 중앙 대륙을 제패했다고 판단했다.

연합군은 와해되어 패전을 거듭한 끝에 사라졌고, 몇몇 미점령 지역은 있지만 아직 제국군이 가지 못한 곳들이다.

중요한 요새와 성, 도시 등을 장악하고 왕국의 수도들을 점령했을 뿐, 지방의 작은 마을들과 깊은 산속, 섬들은 완전히 복속시키는 데 시간이 걸릴 수밖에 없는 것이다.

그러나 늦어도 1~2달 내로 중앙 대륙의 모든 땅에 하벤 제국의 깃발이 걸리게 될 것은 분명한 사실이었다.

드워프 왕국 토르, 엘프의 숲도 무난하게 장악 작업이 진행되었다.

오히려 그들을 정복하기가 훨씬 쉬운 것이, 드워프나 엘프는 국가를 이루고 있지 않았기 때문에 조직적이고 체계적인 저항을 하지 못하였다.

돈과 인력을 동원하여 야금야금 영토를 빼앗고 있으니 곧 하벤 제국의 영향력 아래에 놓이게 되리라.

하벤 제국의 황궁에서는 라페이가 주도하는 중대 회의가 벌어지고 있었다.

이 회의의 결과에 따라 베르사 대륙의 통치 방법과 전쟁의 향방이 결정될 것이다.

"중앙 대륙에서의 큰 전쟁은 대략적으로 마무리되어 가고 있습니다. 앞으로 우리의 걸림돌은 엠비뉴 교단과 위드만이 남아 있을 뿐입니다."

라페이의 말이 떨어지자마자 수뇌부에서는 골칫덩이들이 나왔다는 기색이 역력했다.

엠비뉴 교단은 국가들이 몰락한 자리에서 무섭게 세력을 확장해 가고 있었다. 종교적인 영향력이 확대되자 여기저기에서 광신도들이 출몰하고 있었기에 이를 막아 내기란 여간 까다로운 것이 아니었다.

점령지에 하벤 제국에 대한 복종과 충성심을 심어 주기도 전에 까딱 잘못하면 엠비뉴 교단으로 넘어가 버리는 것이다.

그리고 과거로 돌아가서 모험을 하고 있는 위드.

도대체 어떤 식으로 대응 방법을 찾아야 하는가.

도시 파괴의 여파는 이제 정점에 달해서, 몇몇 중요한 상업·군사도시들이 쓸모없게 변했다.

그 정도야 드넓은 하벤 제국에 돌이킬 수 없는 타격까지는 아니었지만, 승승장구하고 있는 그들에게 미묘하게 무시할 수 없는 불안감을 조성하고 있는 것도 사실이었다.

중앙 대륙의 패자가 되었는데도 상당한 피해가 생겨서 기뻐할 수만은 없었으며, 사람들의 관심도 위드의 모험으로 향했다.

"아시다시피 현재 위드는 곧 엠비뉴 교단과 싸우게 될 것입니다."

라페이가 회의를 개최한 지금 이때에는 위드와 엠비뉴 교단의 군대 간의 전투도 막 시작되고 있었다.

각 방송국들이 생중계를 해 주면서 모두 그것을 관심 있게 지켜보고 있을 것이다.

헤르메스 길드에 소속된 유저들조차도 위드의 모험이 시작되면 가슴을 졸이며 시청할 정도였으니 그 인기야 어마어마한 것이었다.

"위드가 만약 퀘스트를 무사히 완수하고 조각술 최후의

비기를 얻어 낸다면, 어떤 종류의 것인지는 모르지만 우리의 앞길에 상당한 골칫덩이가 될 수도 있을 것입니다."

"그러나 막을 수는 없지 않겠습니까?"

"퀘스트의 진행을 막을 수는 없지요. 하지만 지금까지 보기에 그 퀘스트들이 쉬워 보이는 것도 아니니 실패하기를 기다려 봐도 될 것입니다. 그리고 우리는 최대한 상황에 맞는 준비를 해 나가야 합니다."

"상황에 맞는 준비라니요?"

수뇌부는 라페이의 말이 계속 진행되기를 기다렸다.

헤르메스 길드가 별다른 저항 없이 쉽게 하벤 왕국을 먹어 치우고 경쟁자들을 제거하며 중앙 대륙을 제패한 데에는 라페이와 참모부의 역할이 결정적이었다.

명문 길드들 사이를 이간질하고 첩자들을 심어 놓는 장기적인 안목.

물론 위드의 등장은 큰 변수였지만, 이번에도 라페이가 잘 해결할 수 있으리라 믿었다.

"참모부에서는 위드의 퀘스트를 계속 분석해 봤습니다. 그리고 내려진 결론은, 현재 진행되는 퀘스트가 대실패를 했을 경우 엠비뉴 교단은 지금과는 비교도 할 수 없을 정도로 어마어마하게 커지게 될 것입니다."

"저런……."

수뇌부의 얼굴이 찌푸려졌다.

다들 어느 한 지역의 영주였기 때문에 엠비뉴 교단이 지금보다 더 심하게 확산되는 것은 원하지 않는 바였다.

영주들이 가까이 있는 친한 사람들과 작게 속삭이며 불평을 늘어놓았다.

"이번에 포도 농장에 크게 투자를 했는데 말이야……."

"난 운송 사업에 돈을 걸었는데, 그 효과가 사라지는 것은 아니겠지?"

이 자리에는 헤르메스 길드의 초창기 멤버들도 참석하고 있어서, 칼라모르 왕국 점령지 에바루크 성의 영주 다인도 와 있었다.

에바루크 성은 칼라모르의 영역 내에서 유일하게 저항군들이 날뛰지 않는 지역으로, 인구도 늘어나고 있고 경제도 발전했다. 전쟁 후의 재건기를 통해 제2의 수도라고 할 만큼 발달하고 있는 중이었다.

그렇지 않아도 엠비뉴 교단에 의해서 고생을 하던 영주 누만차가 물었다.

"구체적인 피해 예상은 나왔습니까?"

"엠비뉴 교단이 현재보다 어느 정도로 커질지는 짐작하기가 어렵습니다. 퀘스트의 중요도와 내용으로 보아서는 2~3배가 될 수도 있겠고, 어쩌면 그 이상도 가능합니다."

"그렇게 된다면……."

"국가들의 역사가 사라지고, 주민들이 모두 광신도로 변

해 버릴 수도 있습니다. 그리되면 하벤 제국의 전 군대가 엠비뉴 교단과 전쟁을 치러야 할 것입니다. 하지만 우리는 이미 대비가 되어 있습니다."

하벤 제국에서는 엠비뉴 교단과 맞서기 위하여 일찍부터 대비를 해 왔다.

가진 것이 많을수록 걱정도 크다고, 대륙의 위협을 제거하기 위한 신성 기사 부대도 비밀리에 창설해 가고 있었다. 신성력이 부여된 무기와 갑옷으로 무장을 하고 엠비뉴 교단을 칠 준비를 하는 것이다.

그런데 전혀 예측하지 못하던 방식으로 갑자기 엠비뉴 교단의 세력이 거대해진다면 악전고투를 예상할 수밖에 없는 어려운 승부를 해야 하리라.

성들이 그대로 엠비뉴 교단의 영역으로 넘어가 버려서, 중앙 대륙 전체를 놓고 다시 기초부터 닦아야 하는 상황에 처하게 될 수도 있다.

그들과 싸우는 사이에 연합군이 회복할 기회를 주게 될지도 모르니 하벤 제국의 통치가 중대한 갈림길에 놓이는 것이다.

"하벤 제국의 국력은 강대합니다. 전력을 다한다면 엠비뉴 교단을 물리칠 수 있을 것입니다. 그리고 긍정적인 여론도 등에 업을 수 있겠지요. 위드가 실패한 엠비뉴 교단을 처리하는 것입니다. 즉, 피해는 있더라도, 어찌 되었든 힘으로

만회할 것입니다."

위드의 모험으로 인해서 하벤 제국의 계획에도 차질은 이미 벌어졌다.

중앙 대륙을 완전히 석권하고 난 이후에 엠비뉴 교단을 몰아내려고 했는데 다급하게 연속된 전쟁을 대비해야 했던 것이다.

"만약에 위드가 모험을 성공한다면요?"

"역사가 인간들에게 조금 더 유리하게 바뀌어서 엠비뉴 교단의 세력은 더욱 크게 위축되겠지요. 그렇게 된다면 우리는 당분간 엠비뉴 교단과 싸울 필요가 없습니다. 그 경우, 전쟁 준비를 하고 있던 군대는 그대로 북쪽으로 올라갑니다."

"그 말뜻은……."

"북부 대륙의 토벌, 아르펜 왕국의 멸망입니다."

중앙 대륙에 이어서 북부 대륙까지 하벤 제국의 차지가 되면 전 대륙에 걸쳐서 사실상 더 이상의 경쟁자는 없다.

대륙의 완전한 지배자가 되는 것이다.

위드의 모험에 따라 하벤 제국의 대응도 달라질 수밖에는 없겠지만, 라페이는 어느 쪽이든 그들에게는 이득을 가져오는 방향으로 모든 것을 준비했다.

'단지 나에게 두려운 것은…….'

그러나 라페이가 영주들에게 말하지 않은 것이 있었다.

위드는 불가능한 퀘스트를 수없이 성공으로 이끌었다. 그 전무후무한 능력에 대해서는 객관적인 평가가 어려울 정도였다.

하지만 이번의 퀘스트를 실패해 버린다면 하벤 제국의 입장으로서는 최악의 상황을 맞이하게 된다.

'위드도 퀘스트를 진행하면서 여기까지 내다보지 못한 것은 아닐 것이다. 전쟁의 시대로 가서 역사를 바꿀 수 있음을 알고 도시들을 파괴했을 때부터 이미 확실하게 인지하고 있었겠지. 그렇다면 일부러 퀘스트를 실패해 버리고 엠비뉴 교단을 키워 주게 될 수도 있지 않을까.'

역사적으로 보면 중앙 대륙과 북부는 단절되어 있어 교류가 그리 많지 않았다.

엠비뉴 교단이 판을 치게 된다면, 북부의 피해는 거의 없을 테지만 반면 중앙 대륙은 완전히 초토화된다.

위드가 최선을 다하지 않고 퀘스트를 실패해 버린다면 큰 후유증을 겪어야 하는 건 헤르메스 길드였다.

'정말 일부러 실패해 버리는 건 아니겠지?'
라페이는 불안감에 몸을 떨어야 했다.

위드는 하늘에서 쏟아져 내려오는 마물들을 보고 있었다.

"몬스터가 비처럼 내려오는구나!"

마녀들이 열어 버린 지옥의 문!

지옥을 관장하는 악마들은 거대한 힘을 가지고 있기에 이 문을 통과하지 못했다. 그렇지만 무수한 마물들이 세상으로 쏟아져 내려오고 있었다.

세상이 갑자기 해가 저물기 직전처럼 어두워지고, 쏟아져 나온 마물들이 질러 대는 괴성으로 귀가 먹먹할 지경이었다.

들모레 대평원에 지옥의 문이 열렸습니다.
베르사 대륙에 중대한 위기가 찾아왔습니다.
대마녀 페쳇은 매우 위험한 여자입니다.
그녀는 온갖 사악한 술수와 흑마술에 능숙하며, 새로운 실험들을 통하여 어둠의 물건들을 만들어 냅니다.
그녀가 가지고 있는 '지옥의 반지'는 지옥과 연결된 통로를 만들어낼 수 있습니다. 그녀를 제거하고 반지를 없애지 않는 한 개방된 지옥의 문을 통해서 몬스터들은 계속 나오게 될 것입니다.
혹시 모릅니다, 문이 오랫동안 열려 있게 된다면 어떤 위험한 악마가 인간 세상을 기웃거리게 될지도…….
전장에 묵직한 공포가 찾아와 모든 이들의 사기가 60% 감소합니다.
지옥의 문이 오랫동안 열려 있으면 의지와 투지가 미약한 자들은 미쳐 버리게 될 것입니다.
모든 이들에게 신앙의 효과가 일시적으로 감소합니다.
들모레 대평원에서 흑마법의 효력이 증가합니다.

지옥의 문에서 튀어나온 마물들이 어찌나 충격적이고 놀

라운지, 병사들은 그대로 얼어붙었다.

하늘에서 집채만 한 덩어리가 땅으로 뚝 떨어지더니 꿈틀거렸다.

"꾸에, 꾸에에에!"

몸 전체가 지방으로만 이루어진 무언가가 입을 쩌억 벌리고는 풀과 나무, 바위, 무엇이든 보이면 다 먹어 치웠다.

지방을 꿈틀거리면서 병사들을 향해 기어 오는 놈의 공격 방식은, 당연히 한입에 꿀꺽 삼켜 버리는 것이리라.

어떤 마물은 칼날 같은 것을 몸에 달고서 날아와서 부딪쳤다.

마물들은 지옥의 문을 통과하자마자 무장한 채로 평원에 서 있는 인간들을 보고 신 나게 덤벼들었다.

아마 그들의 마음은 이게 웬 뷔페식이냐며 반가움이 가득할 것이다.

전투가 벌어지기 전, 위드는 노들레의 성장 퀘스트를 진행하면서 쌓은 자기 자신의 능력을 믿었다.

"남아 있는 퀘스트들은… 적당히 싸우고 패 주면 되겠지. 힘이 세지니까 얼마나 좋아? 타협이나 양보 같은 건 몰라도 되잖아."

그렇기 때문에 엠비뉴 교단의 군대와도 기꺼이 전쟁을 벌이도록 퀘스트를 진행시켰다.

감당하지 못할 정도의 적들이 대량으로 등장하면 어쩌나

하는 걱정도 물론 아예 하지 않은 것은 아니다. 그러나 역으로, 과연 이번에도 일이 대책 없이 커질까 하는 의심이 들었다.

 재수 없는 것도 한두 번이지, 연속적으로 일이 잘못 커지는 것도 확률상 어렵지 않겠는가.

 "역시 이번에도 이렇게 될 줄이야. 확실히 나는 복권을 사지 않기를 잘했어. 샀더라면 평생 당첨되지 않을 거야."

 마지막까지 방심해서는 안 되고, 돌다리도 두들겨 보며 건너라는 말도 물론 있다. 그렇지만 인생이 적당히 매끄럽게 풀리기도 해야 되는데 위드에게는 그게 아니었다.

 "이놈의 팔자는 정말 규칙적이란 말이야."

 한숨을 내쉰 위드는 아트록의 함성을 터트렸다.

 "모두 수비에 전념하라!"

 전투 노예들에게 마물들과 싸우라는 주문은 도저히 불가능!

 대충 잠깐이라도 시간을 끌면서 살아남아 주면 그걸로 충분했다.

 핵심적인 전력인 사막 전사들과 용병, 각 교단의 사제들이 뒷수습을 하면 되리라.

 "불신자들을 제거하자!"

 "고통스럽게 죽이자."

 "산 채로 맛있게 뜯어 먹어 주지."

어느새 돌진해 온 엠비뉴 교단의 광신도들이 전투 노예들과 격전을 치르고 있었다.

보통의 평범한 광신도가 아니라, '어린아이를 잡아먹은', '피를 뽑는 고문에 능숙한', '이교도를 괴롭히는'과 같은 수식어가 있는 광신도들!

평범한 광신도들이 레벨 100 이하라면, 이들은 200을 넘기는 데다 특수 능력까지 한 가지씩 지니고 있었다.

광신도들의 특성상 여러 명이 모여 있으면 더 강해지는 효과가 있기에 만만치가 않다.

군대의 주력을 이루는 암흑 기사, 사제, 마녀 들도 돌격을 해 오니 전투 노예들은 말 그대로 박살이 나고 있었다.

게다가 엠비뉴 교단의 숱한 괴물들과 비행 군단, 청동 거인까지 있었으니 이들의 전력은 그야말로 깨뜨릴 수 없는, 난공불락의 요새와도 같았다.

본격적인 전투가 벌어지지 않았기에 징벌의 사제단, 극악의 기사단은 나서지도 않았다.

보스급 몬스터로는 대마녀 페쳇, 엠비뉴 교단의 대사제 모툴스, 잉그리그까지 있으니 이보다 더 화려한 진용이 또 어디에 있겠는가.

그런데도 전투 노예들이 그나마 싸우려고 드는 것은, 아트록의 함성 때문이기도 하지만 위드를 믿기 때문이었다.

전투가 벌어지면 앞장서서 상황을 반전시키는 화끈한 모

습을 보여 주던 위드가 있다. 강제로 이곳으로 끌고는 왔지만 자신들과 함께 싸우리라는 믿음.

"두렵군. 이 정도라면 백화점 명품관 같은 느낌이야."

상상을 초월하는 대공세에, 위드는 절로 가슴이 떨려 왔다.

그렇지만 조각사로서 움츠러들던 과거의 자신이 아니다.

사막의 대제로서의 명예와 자부심이 있지 않은가. 당당한 배짱과 능력을 보여 주어야 할 때!

"음, 갑자기 옛날 생각이 나는군. 백화점에 들어가서 구경을 해 보고 나서 너무 비싼 가격에 충격을 먹고 밤에 잠을 못 잤지."

전투 노예들이 무참하게 죽어 나가고 있었다.

"입으면 보이지도 않는 속옷 하나에 10만 원씩 하다니… 정말 공포의 근원이었어."

위드는 현실도피 중!

그러나 곧 엠비뉴 교단의 군대에 대해 현실을 받아들이게 되었다.

"그래도 엠비뉴 교단이 백화점 모피 코트 정도는 아니지. 어디 해보자, 엠비뉴 교단!"

위드는 쌍봉낙타를 몰고 정면으로 달렸다.

"인간, 제법 맛있어 보이는구나."

마물들이 그를 먹잇감으로 삼고 하늘과 땅에서 덤벼들었다.

지옥의 마물들은 인간의 생기를 흡수하여 강해질 수 있다. 그러지 않으면 이 세계에 마기를 빼앗기고 금방 약해진다.

과거 몬투스의 경우는 보전이 잘되어서 힘을 고스란히 간직하고 있던 드문 경우이고, 마물들이나 악마병들이 가장 강한 건 지금뿐이다.

그렇다고 해도 인간의 한계를 넘어서고 검술을 마스터한 무지막지한 노가다의 화신 위드에 비할 바는 아니었다.

"화염의 검!"

화르르륵!

위드가 말살의 검을 휘두르자 근처에 있던 마물들은 그대로 전소되었다.

공격 영역이 3배나 넓어졌을 뿐만 아니라, 공격력 자체도 예전과 비교가 안 되었다.

그리고 떨어뜨린 아이템들은 인간 세계에서는 구하기가 정말 어려운, 지옥의 보석과 지옥의 철, 제련 도구들!

"제대로 놀아 보자!"

위드의 전투 의지가 솟구쳤다. 쌍봉낙타를 타고 그대로 적을 향하여 돌진했다.

말살의 검을 제대로 다루어 보는 것은 처음이지만, 숱한 무기를 써 본 탓에 어렵지 않았다.

예전의 클레이소드에서부터 무기마다 무게중심이나 타격점이 약간씩은 다 달랐다. 위드는 조금이라도 더 좋은 검이 나타나면 손에 익숙하지 않더라도 바꾸어서 금방 적응을 했다.

 드워프들의 작품답게 무기 자체의 감각으로는 흠잡을 곳이 없어서, 바로 오래 써 본 것처럼 다루어 낼 수 있었다.

 스탯이 아닌 감각의 영역이었지만, 이런 것들에 있어서는 너무도 탁월한 위드였다.

 검광이 스쳐 지나갈 때마다 마물들이 화염에 휩싸인다.

 한번 베어 버린 마물들은 다시 돌아보지도 않았다. 너무도 엄청난 공격력 탓에, 야심차게 인간 세상으로 쏟아져 나온 마물들은 완벽하게 타서 재로 변했다.

"뛰어라!"

 위드와 쌍봉낙타는 함께 움직였다. 마물들을 밟고 높이 도약해 가면서 연속으로 베었다.

 지옥의 문 입구까지 올라가서는 스킬을 사용!

"흑기사의 일격!"

 마물들이 나타나는 족족 계속 베어 버렸다. 한 번씩 터지는 광역 스킬은 하늘의 마물들을 한꺼번에 회색빛으로 변하게 만들었다.

 마녀들이 만들어 낸 지옥의 문이 생각보다 커서 빠져나가는 마물들도 있었지만, 위드에 의해서 대다수의 마물들이 세상에 온 보람도 찾지 못하고 사라졌다.

 그렇다고 해도 지옥의 문을 닫지 못하는 이상 마물들은 계

속 쏟아져 나오고 점점 강한 놈들이 출현하게 된다.

그러니 위드의 행동은 일견 무의미해 보이지만, 반드시 그런 것도 아니었다.

"엄청나게 강한 인간!"

"만 명의 인간을 먹는 것보다 저놈 하나가 더 낫다."

"하지만 어떻게? 악마만큼이나 강하다."

마물들 사이에서 인기를 끄는 데에는 완벽하게 성공했다.

위드는 신기에 다다른 기마술로 쌍봉낙타를 타고 마물들을 밟아 가면서 하늘에 머물렀지만 그 시간은 길지 않았다.

"내려가자!"

마물들을 역으로 밟으면서 지상으로 착지했다.

푸흐흐훙!

쌍봉낙타는 절벽에서 뛰어내리더라도 거뜬할 정도였기에 이 정도는 아무것도 아니었다.

"가자, 쌍봉아!"

그러고는 엠비뉴의 교단을 향해서 당당하게 돌진을 시작!

청동 거인들이 그를 향하여 바위들을 던졌다.

대부분은 쌍봉낙타가 절묘하게 내달리면서 피해 냈고, 피하기 까다로운 것은 위드가 베어서 녹였다.

마물들에 이어서 엠비뉴 교단의 막강한 군대에도 혼자 돌격하는 무모함!

사막 전사들은 출동하지 않고 있었기에 그들의 도움을 받을 수도 없었다.

"인…간! 엠비뉴 신께서 심장을 꺼내 바쳐야 한다고 명령하신 인간이 바로 저자다!"

"위대한 엠비뉴 신을 따르는 이들이여, 저놈을 죽. 여. 라!"

키보다도 더 큰 지팡이를 들고 있던 모툴스와 잉그리그가 명령을 내렸다.

전투 노예들을 향하고 있던 암흑 기사들과 광신도들이 일제히 반응했다.

"죽이자! 저놈을 내 손으로 찢어 놓는 영광을!"

"암흑의 검이 너를 처단할 것이다."

위드를 붙잡기 위하여 수십 겹의 포위망이 형성되었다.

"이렇게 되어야 재미있지!"

위드는 조금도 당황하지 않았다.

싸우기 전에는 걱정도 많고 하지만, 막상 움직인 이상은 두려울 것이 없다. 최악의 상황이 되더라도 목숨을 잃고 퀘스트에 실패하고 나서 중앙 대륙이 엉망진창이 되는 정도 아니겠는가.

결과에 대해서는, 속이 쓰리면서도 고소한 면도 함께 있으니 참을 만은 하다.

스포츠 선수들이 결승전에 임하여 막대한 부담감 탓에 제 실력을 발휘하지 못하고 무너지는 경우가 실제로 비일비재하다. 그런데 위드의 경우에는 어찌 되든 상관이 없었다.

"나만 당하는 거 아니지. 망해도 다 같이 망하는 거야. 전부 덤벼라!"

위드의 손에서 빙글빙글 돌면서 쇼를 보여 주는 말살의 검!

암흑 기사들이 덤벼 왔지만 공중을 날아다니는 다른 하나의 검에 의해 요격이 되어 버리거나, 위드의 손에 직접 베여 나갔다.

- 흑기사의 일격!
 돌이킬 수 없는 공격이 주변의 적들에게 발동합니다.

위드는 적들에게 새까맣게 둘러싸여 있었다.

지상으로 내려온 마물들도 나약한 전투 노예를 노리기보다는 비할 수 없을 만큼 강한 위드를 향해서 모여들었고, 엠비뉴 교단의 일차 목표 역시 마찬가지였다.

"암흑과 파괴가 지배하는 이 세상에……."

"속박과 고통으로 얽매이게 하여……."

마녀들이 저주와 고통의 주문을 외웠다.

위드가 아무리 레벨이 높고 강하다고 하여도 여러 개의 저주에 한꺼번에 걸리면 전투 능력은 확실하게 떨어지게 된다.

위드는 귀신처럼 마녀들의 행동을 예측했다.

"귀가 간지러워. 슬슬 내가 욕을 먹을 때가 된 것 같군."

근접한 적들에 대해서는 개의치 않고, 전설의 프로스트 보우 요르푸시카를 무장하고 마녀들이 있는 지역을 향하여 마구 쏘았다.

새하얀 얼음 화살들이 암흑 기사들을 뚫고 곧장 마녀들을 향하여 날아갔다.

"피해야 한다!"

"불신자의 화살이다!"

마녀들은 급하게 저주 마법을 취소하고 피하거나 보호 마법을 걸어서 수비를 했다.

제아무리 위드가 날린 얼음 화살이라 해도 몇 겹이나 걸린 강력한 보호 마법을 뚫지는 못했다.

그러나 위드는 연속으로 활시위를 마구 당겨서 수백 개의 화살을 쏘았다.

- 밀려오는 화살.

속사 스킬의 마스터.

궁술도 곧 마스터를 앞두고 있었기에 엄청난 빠르기였다.

쌍봉낙타는 적들 사이를 휘젓고 다니면서 위드가 화살을 쏘기 쉽도록 움직였다.

마녀들이 펼쳐 낸 보호막이 하나씩 깨져 나가면서, 얼음 파편이 주변의 적들까지도 얼어붙게 만들었다.

"크익!"

암흑 기사들과 마법사들이 파편에 맞고 얼음덩어리로 변해 버렸다.

생명력이 낮은 마법사들은 빗맞은 파편에 그대로 사망! 그나마 암흑 기사들은 얼음이 녹고 나면 다시 움직일 수는 있었다.

그리고 보호막이 완전히 사라지고 나서부터는 얼음 화살이 마녀들의 몸을 꿰뚫었다.

그렇지만 당하는 것도 잠깐뿐, 마녀들은 파리와 연기로 변해서 멀찌감치 도망쳤다.

"아직 인간의 탈을 벗지 못한 주제에 제법이구나!"

대마녀 페쳇도 나서서 나머지 마녀들을 빼돌렸다. 공중에 공간 왜곡 마법을 펼쳐서 얼음 화살이 엉뚱한 곳으로 날아가게 방향을 바꾸어 버린 것이다.

그사이에 위드는 암흑 기사들과 마물들의 공격을 받았다.

정면에서 덤벼 오는 암흑 기사들의 공격은, 맞더라도 크게 아프지 않았기 때문에 무시해 주었다.

―정복자를 위한 존엄한 가죽 갑옷이 적의 공격을 흡수합니다.

―지옥에서 살아가는 헤카테의 꼬리에 적중당했습니다.
지옥의 기운이 몸에 스며듭니다.
생명력이 1,393 감소합니다.

마물들의 공격은 여러 대를 맞으면 여간해서는 해소가 어려운 저주에 걸리게 된다.

간단한 종류는 조각 생명체 부하 알베른과 알베린이 해소해 줄 수 있지만, 지옥 힘은 신성력도 많이 소모되고 시간도 다소 필요하다.

당장의 생명력 감소도 무시할 수 없지만 저주가 더 까다롭다고 판단, 위드는 검으로 다시 주변의 적들을 상대했다.

"마녀들과 마법사들, 사제들부터 확실히 처리를 해야 하는데."

마녀들만 해도 1,000명이 넘었고, 화살 공격으로 피해를 입은 것은 불과 100여 명도 되지 않는 것 같았다.

전투의 초기에나 틈을 봐서 파고든 것이지 각종 괴물들이 진군을 해 오면 이런 기회는 쉽게 다시 찾아오지 않는다.

수많은 마법사들이 힘을 모아서 위드의 공격을 차단하고, 각종 암흑의 마법을 발휘하면서 마물들까지 늘어나게 된다면 갈수록 불리해질 수밖에 없는 것이다.

"아깝게 됐군."

물러설 때를 알아야 하기에 깨끗하게 단념을 하고 가까이 있는 암흑 기사들부터 확실하게 처리를 했다.

마물들은 어차피 계속 늘어나고 있었지만, 처음처럼 잡다하게 많이 나오지는 않았다. 다만 갈수록 지옥의 악마병들처럼 강한 놈들이 뒤섞여서 나타났다.

그리고 마물들은 광신도들까지도 죽이고 집어삼켰다.

결과적으로 보면 전투의 형태가 더욱 복잡해지게 되었지만, 마물들과는 타협이 가능하지 않았기에 어쨌든 중대한 적

이었다.

대마녀 페쳇의 반지를 깨뜨리지 않는 한 베르사 대륙에는 지옥의 문을 통해 나오는 악마의 위험까지도 함께하리라.

"엠비뉴 신께서 하신 말씀대로 저놈을 처리하라."
"저 인간을 갈기갈기 찢어 놓도록 하라!"

엠비뉴 교단의 군대는 위드와의 적대도가 아주 최악이었다.

전투 노예들이야 허망하게 죽어 나가고 있었기 때문에 엠비뉴 교단에서도 거의 신경을 쓰지 않았다. 위드만이 혼자 쳐들어와서 대활약을 하니 모든 이들의 표적이 되었다.

"이놈의 인기는 끝이 없군. 종말의 날!"

위드는 마나를 아끼지 않고 태양의 전사 최강의 스킬을 시전했다.

해일처럼 퍼져 나가는 불길이 가까이 다가와서 공격하던 암흑 기사들과 마물들을 잿더미로 만들어 버리고 넘실거리면서 퍼져 나갔다. 말살의 검에 의하여 공격 범위가 3배나 늘어나고 불의 힘까지 증폭되어 어마어마한 위력이 발휘되었다.

그렇기에 엠비뉴 교단의 군대 선두는 온통 불길로 뒤덮였고 광신도들은 그대로 절규하면서 사망했다.

인근 전체에 피해를 주는 광역 공격 기술!

그러나 위드의 화려하고 짜릿한 순간도 잠깐이었다.

"너의 무모함을 후회하게 해 주마!"

청동 거인이 돌덩이를 집어 던졌다.

마녀들과 암흑 마법사들은 위드가 있는 곳을 향하여 청록색의 마법탄을 날리고, 벼락과 독가스를 소환했다.

-161회의 마법 공격에 적중되었습니다.
재빠른 민첩성으로 59개를 정확히 맞지 않고 회피하였습니다.
생명력이 95,831 감소합니다.

높은 저항력과 맷집, 방어구를 가진 탓에 천둥 번개에 맞더라도 죽지 않고 무사할 수는 있었다.

넘실거리는 화염 각인을 통해 마나와 생명력을 급속히 보충했다.

그러나 위드를 향한 적들의 대공세가 시작되고 있었다.

돌을 집어 던지는 데에서 그치지 않고 이제는 청동 거인들이 거대한 창을 들고 성큼성큼 뛰어오고 있었으며, 엠비뉴의 성전을 지킨다는 암흑 추종자들이 말을 타고 돌진해 온다.

물론 위드는 얼마든 거뜬하게 싸울 수가 있었고, 떨어진 생명력은 전투 도중에 보충할 방법도 있다. 지금까지 헤매고 다닌 전장들의 위험성으로 볼 때 아직 죽음의 위협까지는 느껴지지 않았다.

그렇지만 약간 아쉬움을 남기고 돌아서기로 했다.

"이만큼 했으면 됐군."

쌍봉낙타도 동의한다는 듯이 고개를 끄덕였다.

기마술이 절정에 오르면 종말의 날과 같은 광역 공격 스킬을 사용하더라도 타고 있는 말이나 낙타는 피해를 받지 않을 수 있다. 쌍봉낙타는 특히 불의 체질을 타고나서, 종말의 날 덕분에 벌어진 적진의 참상을 보고 느끼는 상당한 기쁨을 코와 입을 실룩이면서 표현하고 있었다.

낙타의 감정 표현은 아주 음흉한 입가의 실룩임으로 알 수 있는 법이다.

"2단계 작전을 실시할 시간이야. 돌아가자!"

위드는 쌍봉낙타를 몰고 엠비뉴 교단의 대공세를 뒤로하며 도망쳤다.

청동 거인들이 던지는 창과 바윗덩어리가 우르르 날아와 그가 지나간 땅을 깊게 파며 떨어졌다.

"빠져나가지 못한다. 견딜 수 없는 고통을 영원토록 안겨 주마."

암흑 기사들도 길을 막았지만 그들로는 어림도 없었다.

위드가 제대로 작정하고 도망치려고 하는데 보통의 암흑 기사들 따위가 상대가 되겠는가.

가볍게 검을 휘둘러서 처치하고 잡템까지 챙겨서 계속 도주!

"저놈의 발을 묶어라!"

"너무 빨리 움직입니다."

마녀들과 암흑 마법사들은 속박의 주문을 외우려고 시도했다. 그러나 그들과는 거리도 있었고, 미리 빠른 선택을 내려 도망치고 있었기에 저주로도 붙잡기가 어려웠다.

이것이야말로 준비된 도주!

"끝까지 추격하라!"

대사제 모툴스의 명령은 엠비뉴 교단의 지상군뿐만 아니라 하늘을 날아다니는 비행 군단에도 영향을 주었다.

비행 군단이 쫓아오면서 소나기 같은 화살을 날렸다.

다른 하나의 검이 공중에서 쳐 내었지만, 너무나도 집중된 화력 탓에 대부분은 그대로 날아왔다.

피할 곳도 없이 쏟아지는 화살 공격으로 생명력이 계속 빠르게 감소했다.

그러나 수치상으로만 그러할 뿐 위드의 생명력은 아직 89%가 넘게 남았다.

"그래도 방심해서는 안 되지. 마법이나 화살은 집중되면 위험하니까."

쌍봉낙타도 살기 위해서 힘껏 질주를 했다. 그러나 정면으로 내달리는 것이 아니라 화살 공격을 피해 가면서 엠비뉴의 군대가 다가오는 것을 기다려 주었다.

마물들도 비행 생명체와 엠비뉴 궁수들이 집중 공격을 하는 위드에게 관심을 가지고 근처를 맴돌았다.

이 전장에서 가장 강한 인간이기에 가장 먹음직스러운 위

드! 그가 약해지는 결정적인 순간에 덮쳐서 힘을 빼앗고 잡아먹을 기회를 노리는 것이다.

엠비뉴의 군대가 대대적으로 쫓아오고 있었고, 마물들도 근처에 대기를 한다.

위드에게 어마어마한 적들이 몰렸다.

그러나 사막 전사들과 용병, 군대는 그를 구하러 오지 않았다.

"계획대로 동쪽으로 이동한다."

"우린 서쪽으로 빠진다."

선두의 전투 노예들은 그냥 놔두고, 본진을 지휘하던 전일과 전이가 군대를 둘로 나누어서 멀리 떠나 버렸다.

아예 전장을 이탈하여 도망치는 것과도 같은 모습이었다.

위드는 적들을 이끌고 그대로 계속 달려서 들모레 요새로 향했다.

쌍봉낙타는 요새로 향하는 흙길을 질주하고 있었고, 그 뒤를 비행 군단과 암흑 기사단, 암흑 추종자, 청동 거인 들이 바짝 따라왔다. 마물들도 무려 1,000마리 가까이 계속 들러붙어 있다.

가까운 곳에서 위드의 군대와 엠비뉴 교단의 군대 간에 전투가 벌어지는 바람에 요새에서는 병사들이 삼엄한 경계를 펼치고 있었다.

"야만족이 괴물들과 싸우고 있습니다, 폐하!"

"음, 바람직한 일이군. 그들끼리 싸우다가 모조리 죽어 버렸으면 좋겠도다."

흐뭇하게 지켜보고 있던 들모레 요새의 수뇌부는 곧 화들짝 놀랐다.

"쏴라! 마구 쏴라!"

마법과 화살이 위드와 엠비뉴 교단으로 향하였다.

쌍봉낙타는 그림과도 같은 회피 기술을 발휘하면서 계속 전진했고, 엠비뉴 교단에서는 일부가 화살과 마법에 적중되어서 낙오하기도 하였지만 추격을 멈추지 않았다.

청동 거인들은 땅을 울리면서 어지간한 공격들은 거뜬하게 몸으로 받아 주면서 걸어왔다.

위드는 쌍봉낙타를 타고 해자를 건너 닫힌 성문 앞에 도달했다.

"높이 뛰어!"

동시에 쌍봉낙타가 무서운 점프력으로 땅을 박차고 날아올랐다.

평소에는 입술을 질겅거리면서 당근이나 찾아다니며 게으름을 피웠지만, 사막에서는 바람을 앞질러 갈 정도로 빠른 쌍봉낙타!

단숨에 10여 미터 높이의 성벽 위로 올라가서 마폰 왕국군과 베이너 왕국군의 수비병 사이에 섰다.

도열해 있던 병사들과 기사들은 갑작스러운 상황 변화에

깜짝 놀란 표정을 감추지 못하고 있었다.

　병사들을 무시하고 위드가 뒤를 돌아보니 엠비뉴의 대군과 마물들이 그대로 쫓아오고 있는 것이 보였다.

　"음, 약간 틀어진 면도 있지만 전체적으로는 계획대로군."

　나쁜 짓을 꾸며서 성공할 때의 쾌감이란, 길거리에서 우연히 만 원짜리를 줍는 것과도 같으리라.

　위드는 성벽에 서서 큰 소리로 함성을 터트렸다.

　"엠비뉴 교단이여, 얼마든지 덤비도록 하여라! 정의를 수호하는 마폰 왕국군과 베이너 왕국군은 너희가 오기만을 기다려 왔다!"

　요새를 지키고 있던 마폰 왕국군과 베이너 왕국군 입장에서는 그저 황당할 따름이었다.

TO BE CONTINUED

꿈의 도약, 로크에서 하십시오
(주)로크미디어에서 신인 작가를 모십니다

즐거운 세상, 로크미디어는 꿈을 사랑하고 도전을 두려워하지 않는 작가 분들의 참신한 작품을 기다리고 있습니다. 21세기 장르 문학계를 이끌어 갈 차세대 선두 주자 (주)로크미디어에서 여러분의 나래를 활짝 펴 보시길 바랍니다.

모집 분야 판타지와 무협을 포함한 장르 문학
모집 대상 아마추어 작가, 인터넷 작가
모집 기한 수시 모집
작품 접수 시 유의 사항
1. 파일명은 작가명_작품명.hwp형식을 갖춰 주십시오.
1. 파일에 들어갈 내용은 다음과 같습니다.
   - 성명(필명인 경우 실명을 밝혀 주세요), 연락처, 이메일 주소.
   - 제목, 기획 의도.
   - A4용지 1장 분량의 등장인물 소개.
   - A4용지 2장 분량의 전체 줄거리.
   - 본문.
1. 작품이 인터넷에 연재되고 있다면, 게시판명과 사이트의 구체적이고 정확한 주소를 기재해 주십시오.

선택된 작품은 정식 계약 후 출판물로 간행되어 전국 서점에 유통됩니다.
작가 분은 (주)로크미디어의 전폭적인 지원하에 전속 작가로 활동하시게 됩니다.
※ 자세한 내용은 로크미디어 홈페이지(rokmedia.com)를 참조하세요.

(140-133)서울시 용산구 원효로97길 46 5층
(주)로크미디어 편집부 신간 기획 담당자 앞
전화 : 02-3273-5135
www.rokmedia.com   이메일 : rokmedia@empal.com